早見 俊

女忍び 明智光秀くノ一帖

実業之日本社

実業之日本社文庫

目次

第一章　白蜜《しろみつ》堕ち

一

　永禄《えいろく》九年（１５６６）九月の夜、越前《えちぜん》国坂井《さかい》郡、長崎村は秋が深まっている。明《あけ》智《ち》十兵衛《じゅうべえ》光秀《みつひで》は時宗の名刹称念寺《しょうねんじ》の門前をそぞろ歩きしていた。侍烏帽子《さむらいえぼし》を被《かぶ》り、素襖《すおう》に身を包んだ光秀の影が参道を動く。

「秋風にたなびく雲の絶え間よりもれ出づる月の影さやけさ……か」

　左京大夫《さきょうのだいぶ》顕輔《あきすけ》の和歌が口をついた。それほどに心地《ここち》よい。妻熙子《ひろこ》が自慢の黒髪を売って得た金で酒を飲んだ。女も買った。妻への後ろめたさを酒で誤魔化し、酔った勢いで性欲を満たした。

と、夜風に揺れる薄《すすき》に足音が混じった。振り返ると女が立っている。

小柄で痩せ、両目が異様な輝きを放っていた。黒小袖と相まって黒猫のようだ。

「女、黒猫の変化か」

冗談混じりに問いかける。

「ちょっと前に肌を合わせたんだよ」

すねたように女は言い、湊《みなと》と名乗った。そうだ、遊女屋の遊《あそ》び女《め》だった。

「店を抜けてよいのか」

「お礼がしたいんだ」

「礼……」

「極楽へ送ってくれたからね」

湊は指で光秀の鼻を突いた。光秀の鼻は天狗《てんぐ》のように高い。が、鼻の先端に米粒大の黒子《ほくろ》があるため間抜けに見える。初対面の相手は大概笑いを噛《か》み殺す。天下人織田信長《おだのぶなが》の重臣に立身しても、光秀が肖像画を描かせなかったのは鼻黒子による。

出世の足を引っ張る黒子であったが、まぐわいとなると威力を発揮した。鼻で陰核を刺激してやると黒子がいい具合にこすれ、女は随喜の涙を流す。

「ついて来て」

湊は薄野に分け入った。

面白そうだと追いかける。

しばらく進むと持仏堂があった。月明りに浮かぶ持仏堂は蒼《あお》い靄《もや》がかかっている。名状しがたい妖気が背筋をぞくりと伝わった。

湊に続いて階《きざはし》を上がり、観音扉を開いた。

連子窓《れんじまど》の隙間から月光が差し、堂内をほの白く浮かび上がらせていた。仏像の前に女が座っている。白の御高祖頭巾《おこそずきん》を被り、黒の尼衣……尼僧だ。

「茜《あかね》さまだよ。茜さまはね、天竺《てんじく》で性技を会得してきたんだ」

湊に導かれ中に足を踏み入れる。灯台の油皿から立ち上る炎が夜風に揺れた。茜は光秀を見上げにっこりとした。尼僧ゆえの清浄さに加え、朧《おぼろ》な淫靡《いんび》さをたたえてもいた。

「明智十兵衛だ」

腰の太刀《たち》を鞘《さや》ごと抜き、茜の前に座ろうとした。

「茜がお礼をします」

茜は言った。薄紅の唇が妖しく蠢《うごめ》いた。いつの間にか湊は光秀の背後に立ち、あれよあれよという間に衣服を脱がせた。唯一残った下帯も躊躇《ためら》いもなく剝《は》ぎ取られると、茜の前に座らされた。

「湊は十兵衛さまの男根に指一本触れずに逝《い》かせます。十兵衛さまは湊に身を委ね、どうか手出しなさいませぬよう」

茜の言葉に、

「守ったら、何とする」

「わたしがお相手を」

茜は仰向《あおむ》けになり、両足を開いた。尼衣の下は何も身に着けていない。

女陰が神々しく光っていた。

「天竺仕込みの性技で何をしたい」

湊の舌が光秀のうなじを舐《な》めている。着物は脱いでいない。生暖かい唾《つば》と柔らかな舌先だ。仰向けになったまま茜は呟《つぶや》いた。

「わからない……」

「考えてはおらぬのか」

「考えている間に身体が火照ってしまいます。春をひさいで銭を儲《もう》けて、美味《うま》い物を食べて、いい男と寝る。でも、満たされません。男に生まれたら、一国一城の主《あるじ》って夢を見られるのでしょうが」

「ならば、わしが一国一城の主となるのを手伝ってくれ」

言ってから、己が大言壮語を恥じた。

茜の股が一層開かれた。油皿の炎に浮かぶ女陰は濡《ぬ》れそぼり、妖しく蠢く。湊の口から吐息が漏れた。湊の舌はゆっくりとうなじから背中へと伝い下りる。

身体をよじると、

「十兵衛さま、約束を違《たが》えてはなりませぬぞ。湊に身を委ねてくだされ」

茜の抗議にわかったと返し、両手を上げた。股を開いたまま茜は問いかける。

「何をすればいいのですか」

口から出まかせを言ったのだが、茜を失望させたくないと思いつきを語った。

「男を手玉に取る技、忍びに生かせ。比丘尼《びくに》姿で諸国を巡れ。武田《たけだ》信玄《しんげん》の女忍びのように、わしが欲しい雑説《ぞうせつ》を仕入れてくるのだ」

雑説とは今日で言う情報である。

「十兵衛さまを一国一城の主にしたら、いいことがあるのかしら」

茜は指で女陰をいじり始めた。

「望むままだ」

湊が光秀の脇の下に舌を這《は》わせた。猫が水を飲むようなチュッチュッという音が耳につく。湊の頭が出たり引っ込んだりして、甘い香が鼻孔を刺激した。光秀は茜を見返し、

「何故、天竺で性技など学んだのだ」

茜の小陰唇をいじる指が止まった。

「どうしてでしょうね」

「言いたくなければよい」

やおら、光秀は湊の頭を両手で挟み、自分の前に引きずり出した。約束破りに驚いたのか湊は口を半開きにした。すかさず光秀は舌をねじ込んだ。

「うっ……ううっ……あぁっ」

湊はうめいた。

茜の顔が上げられた。目が剣呑《けんのん》に彩《いろど》られている。左足を伸ばすと光秀は親指を膣《ちつ》

の中に入れた。その間も湊の舌を吸い上げている。

湊の両腕が光秀の首筋に絡みついてきた。湊の身体を持ち上げ、向かい合わせに座らせる。湊は光秀の首筋から左手を離すと指先で胸をなぞった。光秀と湊の混じり合った唾液が床を濡らす。

「もっと……」

茜の淫靡な声が聞こえた。

声音に誘われ光秀は視線を向けようとしたが湊に舌を嚙まれて顔が動かない。

まさか、このまま嚙み千切られるのか……

舌を引っ込めようともがく。と、妙な気がする。舌を嚙まれているのに痛みを感じない。心地よくさえあった。

光秀の舌に湊の舌が絡みついている。二重三重に絡み、蛇に巻きつかれたようだ。

息をするのが難しい。

「うう……」

口の中が性器と化したと光秀は驚いた。

いや、違う。

口の中ではなく舌が性器、男根になっている。妻熙子にはさせたことはないが、遊び女にやってもらったことがある。男根を含んでもらい口の中に精を放った。口淫は女に口で性器を愛《め》でてもらう性技だ。

湊は光秀の一物には指一本触れていない。それなのに男根はいきり立っている。それはわかる。口吸いは性欲を高めるのだ。しかし、湊の口吸いは普通の女とは違い、光秀の舌が男性器と成っている。舌が棒のように硬直し、今にも精を放ちそうだ。

「おのれ」

悪態を吐《つ》いたつもりだが、舌がままならないとあっては言葉にならない。

それでも、もう一度、「負けんぞ」と内心で毒づき茜のほとから左足の親指を抜こうとした。

「あははは っ」

茜は勝ち誇ったように笑い声を上げた。指はぬるっとしているのだが何故か抜けない。湊の顔の向こうに茜の股間がぼやけている。蛇に飲み込まれる蛙《かえる》さながら、親指は秘所に引き込まれてゆく。

茜は湊が光秀の男根に指一本触れることなく逝かせると豪語した。

茜の女陰が輝きを増した。それにつれ、湊の舌の動きが活発になる。光秀の舌は硬直し、まらの先が粘っこくなった。光秀は右足を茜に向けた。

すると、茜は腰を上げ、ほとに親指をくわえたまま尻がこちらに向けられる。湊の手指が光秀の乳首に触れた。指先を小刻みに動かし、乳首を愛撫《あいぶ》し始めた。その間に茜は尼衣を捲《まく》り上げた。

真っ白い尻が晒《さら》された。しかし、湊の顔が邪魔をしてよく見えない。もどかしさが欲望をかきたてる。

湊は光秀の舌を噛んだまま顔を右に動かした。茜の尻が目《ま》の当《あ》たりになった。黒の尼衣と対照を成す真っ白な盛り上がりである。足の親指が膣を貫いているため、尻尾《しっぽ》が生えているようだ。

丸みを帯びた二つの山は艶やかで染《し》み一つない。割れ目の秘められたる場所に灯《あか》りが届かず、神秘の魅力をたたえていた。

「湊、十兵衛さまを極楽浄土へご案内しなさい」

両ひざをついたまま茜は振り向き、ぺろりと舌で自分の唇を舐めた。

湊の舌の動きが加速した。急な坂を上り詰めようとしている。

「辛抱だ」

わが息子に光秀は言い聞かせた。

「あ、あ～ん」

吐息を漏らしながらも湊は舌を離さない。

光秀は鼻黒子を湊の鼻穴につけた。黒子が湊の奥に入る。湊は顔を仰《の》け反《ぞ》らせた。

光秀は両手で湊の頭を摑《つか》み、ゆっくりとお互いの鼻をこすり合わせた。

湊の目が見開かれた。驚きの表情だ。

光秀は両手に力を込めた。

湊の目がとろんとなった。絡まった舌が光秀の舌を滑る。ぬるりとした感触と共に舌が外れた。

同時に光秀は親指を茜の膣から抜く。

抜いた途端、淫水が奔流《ほんりゅう》となって飛び散り、湊の顔面を濡らした。

茜のほとから迸《ほとばし》った淫水を浴びた湊は忘我の面持ちで仰臥《ぎょうが》した。

「茜さま～」

甘えた声で茜を呼びながら股間に指を持ってゆく。光秀は茜の背後に膝を進め、両手で腰を摑んだ。

目にもの見せてやると、光秀は勃起した一物を茜の秘所に突き刺そうとした。

いや、その前にじっくりと茜の性器を味わいたい。尻は揺れている。光秀の男性器を待ちわびているようだ。

我が技を見よ。

光秀は両手を腰から尻に移し、力を込めて割れ目を開いた。神秘の扉が開かれた。ねっとりとした蜜のような液体が膣から溢《あふ》れ、恥貝に伝わり落ちている。早く入れてとねだっているようだ。

女陰の上に菊の花が息づいていた。光秀は鼻を陰核に押し当てた。鼻先の黒子が重なる。具合わせのようなぴったりとした具合だ。

茜のおいどがぴくりとなる。

鼻を上下に動かす。秘貝がこりっとし、次第に大きくなってゆく。

「あ……ああん」

感に堪《た》えないような声音が発せられる。肛門《こうもん》がひくひくと蠢いた。淫靡で甘酸っぱい香が鼻孔を刺激する。

動きを止め、顔を上げる。茜は尻をくねらせた。陰核は小豆《あずき》のように肥大し、艶めきを増した。今度は強めに鼻を押し当てた。茜の背が反り返り、尻が高々と突き出される。

光秀は鼻を離し、舌でぺろりと膣と肛門を舐め上げた。白く粘ついた淫水が滴《したた》る。蜜のような味だ。

と、光秀は異変に気付いた。

一物はこれまでにない程に膨張している。我が息子とは思えない立派さだ。目を疑い指で触れる。

鋼のようだ。

あぐらをかいてしげしげと眺める。

油皿の炎に浮かぶかり首は松茸《まつたけ》のようでぬらぬらと光っている。背中を曲げ、顔を近づける。

「うっ」

鼻が当たってしまった。鼻はつるりと滑り、亀頭に光秀の顔が映る。口を半開きにし、鼻の黒子と相まって間抜け面なことこの上ない。

「十兵衛さま〜はよう」

茜が鼻にかかった声でねだってきた。

「食らえ！」

光秀は一直線に男根をぶちこんだ。

「あっ！」

甲高い声を発するや茜は顔を床に沈めた。まだ、かり首しか入っていない。こんな大きな物、とても奥にまでは入るまい。

「もっと」

床に顔をつっぷしながら茜は催促をしてくる。かり首は真綿でくるまれたように陰道に密着している。光秀は下腹に力を入れ腰を突き出した。まらは金鉱を掘り進むように陰道を進む。

「ああん」

喜悦の声が茜の口から発せられる。光秀は律動を繰り返した。鳶《とんび》が鷹《たか》のわが息子は茜の陰部と絶妙にまぐわっている。茜も自らも腰を振り立てていた。

「もっと、もっと……タネを……タネをくだされ」

茜は叫び立てる。

生まれてから味わったことのないような快楽が一物に集まる。

「放つぞ！」

光秀は叫んだ。

「ああっ！」

茜も愉悦の悲鳴を上げた。

「よし、放つぞ！」

告げるのが光秀の無粋なところだ。

それはともかく、まらの先端から大量の精が発せられた。怒濤《どとう》の快感が背筋から脳天を貫いた。

茜も上り詰めた。

光秀は仰向けに寝た。心地よい疲労に身を委ねる。湊が光秀の下帯を持ってきた。

「すまぬな」

半身を起こして下帯を身に着けようとしたがふと出世したわが息子を見下ろした。男根はしぼんでいる。これはこれで安心だ。あのような立派なままでは歩けたものではない。下帯を締め、素襖を身に着ける。

衣服を整えると茜を見やった。茜は何事もなかったかのように静かに微笑んでいる。光秀と視線が交わると合掌してこくりとお辞儀をした。湊が瓢簞《ひょうたん》を持って来た。光秀の精液、茜の淫水が入り混じった液体を酒に加えているそうだ。

「湊、よく十兵衛さまを引き合わせてくれましたな。礼を申すぞ」

茜に褒められ湊はうれしそうに舌を出した。長い舌で自分の鼻をぺろりと舐める。

「十兵衛さま、わたしは生まれて初めて気をやりました」

意外な告白を茜はした。

「わしもな、こんなに大きくなったのは初めてだ。わが愚息が前途有望な若武者となり、戦場を駆け巡った。あのような立派なものをよくぞ迎えてくれたな」

光秀は大人しくなった性器を素襖の上から指で撫《な》でた。すると、何故か茜は目を伏せた。

「どうした。気に障ることでも申したか」

「わたしのほとは琵琶《びわ》の海なのです」

「琵琶の海……」

「どんな殿方のまらも……」

茜はため息を吐いた。名器とは正反対の緩さなのだろう。なるほど、そうでなければあれほどの一物は収まらない。

「琵琶のほとに合うまらを探してまいったのです。天竺《てんじく》に行ったのもそのためですわ。天竺では天竺の殿方ばかりか南蛮の殿方にも抱いてもらったのです」

「南蛮人はどでかいらしいのう」

「それはもう大きゅうございましたわ」

一瞬、茜の目元が綻《ほころ》んだのだがそれも束《つか》の間《ま》のことで眉間に影が差した。両手で男根の大きさを示し、こんなに大きいのですと言ってから、

「大きいのはいいのですが、ふにゃっとしておるのです」

「柔らかいのか」

光秀は首を捻《ひね》った。勃起しても硬くならないとは想像できない。そんな状態で射精しても気持ちいいのか。

「気持ちよくありませんわ」

茜は男がではなく自分が愉悦を味わえなかったと嘆いているようだ。

「わたし、南蛮の殿方はいずれも立派なものを持っておられると耳にしましたので、南蛮まで渡ろうと思ったのですよ。でも、ふにゃちんでは期待できませんもの」

茜は天竺のゴアに留《とど》まったのだそうだ。ゴアでは偉いお坊さんに性技を学んだという。

「天竺の山奥で修行したのです」

茜は艶然《えんぜん》と微笑んだ。光秀のかり首がぴくりと疼《うず》いた。

秘伝のようで、茜は天竺の坊主の下でどんな性技を習得したのか語らなかった。

「十兵衛さまのお役に立ちます。忍びをやりますわ。武田信玄の女忍びのように」

茜の言葉に湊もこくりとうなずく。

「他に仲間はおるのだな」

「わたくしの他、四人おります。お試しになりますか」

「今日はよい。いずれな……しかし、そなた以外の者とまぐわっても、わが一物はあのように猛《たけ》ることはあるまい」

光秀は股間を見下ろした。

「わたしの琵琶ほとにぴったりのまらは十兵衛さまだけ。十兵衛さまもあのように立派になられるのはわたしとまぐわう時だけです」

「何故、あのように巨大になったのであろうな」

「わたしの秘貝と十兵衛さまの鼻、その黒子がぴったりと一致したのです。わたしの陰核は悦楽の園への鍵穴、十兵衛さまの黒子は鍵です」

わかったような、わからないような心持だが、どうでもいいか。

「しばらくは越前におるのか」

「十兵衛さまの意のままに」

思いつきで信玄の女忍びを持ち出し、わが忍びになってくれと頼んだものの、差し当たって命ずる役目はない。朝倉《あさくら》家に陣借りをする身だ。渓流に漂う葉っぱのような暮らしである。

一国一城の主になるなど大言壮語したが、四十近いとあっては夢物語だ。微禄《びろく》でもいいから朝倉家に召し抱えられたい。朝倉家は豊かだ。本城のある一乗谷《いちじょうだに》の賑《にぎ》やかなこと、都から公家《くげ》衆も訪れる。加賀《かが》の一向宗《いっこうしゅう》との合戦が続いているが、よもや国が侵されることはあるまい。

「そなた、全国を歩いておるのだな。何か面白い話はないか」

「足利義秋《あしかがよしあき》さまの行方が知れないそうですよ」

「近江《おうみ》に落ち延びられたと耳にしたが」

足利義秋は昨年弑逆《しいぎゃく》された将軍足利義輝《よしてる》の弟だ。大和興福寺《やまとこうふくじ》の塔頭《たっちゅう》一乗院《いちじょういん》の門跡をしていたが義輝を殺した三好《みよし》三人衆、松永弾正《まつながだんじょう》らに追っ手をかけられ、義輝の近臣たちによって興福寺から連れ出された。その後、近江に逃れたと聞いている。

「近江も危なくなったそうですよ」

茜によると南近江に勢力を張る六角義賢《ろっかくよしかた》が三好三人衆や松永と結び、義秋を狙ったのだとか。

義秋は幕臣たちと近江の何処かに潜伏しているそうだ。興味深い話だが、自分とは無縁だ。一介の牢人《ろうにん》と将軍の血を引く義秋が接するはずはない。

「都に公方《くぼう》さまがおられません。松永が大きな顔をしておりますわ。ああ、そうだ。松永に召し抱えてもらったらどうです。松永は家来を増やしているそうですよ」

都に行くのはいいが松永の家来になるのは気が引ける。野心に長《た》けた男ゆえ、方々に敵を作っている。こき使われ、使い捨てにされるだけだ。

「ならば、これにて」

光秀は腰を上げた。

「今宵、きっと良きことがあります」

光秀は笑顔でうなずき持仏堂を出た。

夢うつつとなった光秀は持仏堂を後にして、藪《やぶ》を抜けた。月明りのほの白く浮かぶ門前町は艶めいて見えた。

「今宵、きっと良きことがあります」

茜の言葉が思い出される。

茜とのまぐわいが脳裏に蘇《よみがえ》り、目尻が下がって鼻の黒子が微妙に震える。

と、参道の向こうに二基の輿《こし》が見えた。周囲を屈強な侍たちに守られ、粛々と進んで来る。この地にあって輿を使う貴人などいない。輿は将軍や足利家所縁《ゆかり》の大名、そして幕政を担う管領といったごく限られた者しか使用を許されないのだ。

……足利義秋
茜が言っていた。将軍足利義輝の弟義秋は近江に潜伏し、行方が知れない、と。

義秋一行が越前にやって来たとしても不思議はない。称念寺《しょうねんじ》は時宗だが大和興福寺にも属している。称念寺の財政は興福寺の出先機関光明院が管理し、周辺は興福寺の所領だ。義秋は興福寺一乗院の門跡であった。興福寺との繋《つな》がりで称念寺に身を寄せるのではないか。

道の端に身を避けると警護の侍が一人、光秀に気づいた。視線が交わると駆け寄る。端整な面差しの、侍というより公家のような風貌だ。

「卒爾《そつじ》ながら、この界隈《かいわい》で医師を御存じないか。わが主が負傷致し、金創医を探しておる」

「金創でござるか。ならば、拙者がお役に立ちますぞ」

咄嗟《とっさ》に光秀は返した。

実にこの一言が日本の歴史を変えることになった。光秀と義秋、後の織田信長との出会いに結びついたのである。

二

義秋は光明院の敷地に設けられた御殿に落ち着いた。光秀に声をかけた侍は細川《ほそかわ》藤孝《ふじたか》と名乗った。光秀も素性を明かし、義秋が待つ寝間へと案内された。

義秋は白絹の寝間着に身を包み、しとねに臥《ふ》していた。こちらに背を向け、苦しげにうなっている。金創医を連れてまいりましたと藤孝は耳打ちし、義秋を抱き起す。次いで、義秋の寝間着を諸肌《もろはだ》脱ぎにした。

なで肩、華奢《きゃしゃ》な背中にさらしが巻かれている。藤孝によると、一時程前野盗に襲われ、矢を射かけられたそうだ。野盗を撃退し、応急処置として止血はしてある。

「お任せあれ。拙者、朝倉家秘伝の傷薬、セイソ散を所持しております」

「おお、耳にしたことがござりますぞ。金創にてき面の妙薬とか」

藤孝は期待を込め、さらしを解いた。

右肩の下にくっきりと赤黒い傷がある。血は止まっているが、放っておけば化膿しかねない。光秀は印籠から小さな壺《つぼ》に入ったセイソ散を取り出した。背中を向ける義秋に一礼すると中指でセイソ散をすくい取り、傷口に塗り込んだ。

身をよじらせ義秋は悲鳴を上げた。

と、廊下を足音が近づいてきたと思うや襖《ふすま》が開かれ、女が入って来た。華やいだ打掛《うちかけ》に身を包んだ美人……天女が舞い降りた、と、光秀の黒子が疼いた。

「おいたわしや」

女はふわりと座った。かぐわしい香が鼻孔を刺激し、光秀の黒子が蠢く。義秋は振り返り、

「千代《ちよ》、大事ないぞ」

と、目尻を下げた。青白い面長の顔は虚弱だが、足利将軍家の品格を感じさせもした。千代は義秋の愛妾《あいしょう》なのだろう。藤孝が真新しいさらしを義秋の背中に巻き、寝間着の袖を通させた。

義秋は傷を庇《かば》いながら千代の手で寝かされた。用はすんだと、光秀が寝間から出ると藤孝が追いかけて来た。

「後日、改めてお礼を申し上げます。お住まいをお教えくだされ」

門前町の住まいを教え、光秀は残りのセイソ散を渡して朝にもう一度塗るよう言

いおいて立ち去った。

明くる日、光秀は妻熙子の小言で起こされた。日輪が差し込み、もう昼に近い。昨夜は遅くまでどちらへ行っていたのだと追及される。熙子は黒髪を売った為《ため》、頭巾を被っていた。光秀はしとねにあぐらをかき、

「売った金でセイソ散を買った」

「セイソ散は仕舞っておきますわ。残りの金子を頂戴《ちょうだい》しとうございます」

金子を渡したが算段していたより少額とあって熙子の目は疑念に彩られた。

「近頃、セイソ散の値が上がってな」

言い訳をしながら印籠の蓋を開けた。

――しまった――

残りを藤孝にやってしまったのだ。

「いかがされたのですか」

きっとした目で熙子は問うてくる。

「矢傷に苦しむ御仁がおられたので、差し上げたのだ」

「……よくもそのような嘘《うそ》を。お酒と女子《おなご》に金子を使い果たしてしまわれたのでしょう。女の命の髪を売ったというのに……」

金切り声となって非難する煕子を宥《なだ》めるため光秀は笑顔を取り繕って言った。

「驚くなよ。その御仁、なんと足利義秋さまであったのだ」

「足利義秋さまが、どうしてこの地におられるのですか」

かえって煕子は疑念を深めた。

語ろうとした時、

「御免、明智殿はご在宅か」

と、玄関から声が聞こえた。細川藤孝である。光秀は玄関に向かった。掘立小屋同然のあばら家、庭はあるが雑草の茂るに任せた野原と変わらない。義秋の近習が訪れる家ではなかった。

「助かりました」

藤孝は丁寧にお辞儀をした。育ちが良いのか居丈高にならず、心底から礼を述べている。

光秀は藤孝を居間へと導いた。居間といっても板敷が広がるだけの殺風景な部屋である。熙子が白湯《さゆ》を持って来た。藤孝はご主人のお陰で助かりましたと礼金の入った錦の袋を差し出す。受け取るとずしりとした重みがある。藤孝は名乗り、熙子にも足利義秋の近習《きんじゅ》とわかった。熙子は恐縮し、くどいくらいに礼の言葉を並べてから居間を出た。

藤孝は光秀に向き直った。

「上さまの治療をお願いしたい」

「セイソ散、効きませんでしたか」

「矢傷ではござらん。陽物《ようぶつ》治療でござる」

陽物、すなわち男根の治療だと藤孝は言った。

「上さま、御一物にお怪我《けが》をなさったのですか」

光秀の脳裏に義秋の愛妾千代が浮かんだ。次いで、義秋に抱かれる千代を想像する。馥郁《ふくいく》たる香を漂わせながら痴態を演ずる千代、義秋は矢傷を庇いながら千代を愉悦へと導こうと奮戦した……のではないか。

奮戦の余り、無理な体位を取り、男根を負傷してしまった。

いや、ひょっとして千代は義秋のまらを吸う口淫に及んで傷つけてしまった……

千代は義秋の愛妾となったのだ。素性確かな身の上であろう。肉棒吸いなど不慣れなため歯を立て、かり首を傷つけてしまったのではないか。

湊にされた口淫が思い出され、光秀のまらがむっくりと起き上がる。妄想に耽《ふけ》る光秀を見つめながら藤孝は首を左右に振った。

「実は……上さまは還俗なさるまで女子《おなご》を知らずに過ごされました。床入りにつきましては侍女が一通りお教えしたのですが、肝心の御珍宝が意のままにならないのです」

なるほど、深刻である。せっかく将軍と成っても跡継ぎを作れないとなれば後継者を巡って騒乱が起きよう。

「上さまはセイソ散による傷の手当ですっかり明智殿を買われましてな、明智は名医じゃ、明智ならわが陰茎を将軍にふさわしい猛々《たけだけ》しきものにしてくれようとおせなのです」

拝まんばかりに藤孝は頼んできた。

「上さまに見込まれたのは光栄ですが……」

勃起不全の治療など自分には出来ない。

いや……茜なら。

茜なら助けてくれるのではないか。天竺仕込みの性技には、萎えた男性器を元気にする技があるかもしれない。

「承知しました。今宵、参上致します」

光秀が承知したのを見て藤孝は安堵《あんど》の笑みを漏らした。

藤孝が帰ってからもうひと眠りしようと寝間に入った。すると、熙子が座っている。多額の礼金を得たとあって表情は穏やかだ。目元がほんのりと赤らんでいるのは、うれしさの余り、酒を飲んだようだ。

「旦那さま、こたびはまこと大きな働きをなさいましたな」

熙子は三つ指をついてから、瓢箪の酒を飲んだと言い添えた。

「一口だけです……でも、なんだか、火照ってしまいまして」

熙子の目はとろんとなり、半開きの口から吐息が漏れた。瓢箪の酒には光秀の精液と茜の淫水が混入されている。その影響だろう。

「旦那さま……」

やおら、熙子はもたれかかってきた。

「休んだ方がよい」

光秀は熙子を抱き起す。

「その前に……その前に、身体の火照りを何とかしないことには……旦那さま」

立ち上がるや熙子はもどかしげに帯を解き、小袖と襦袢《じゅばん》を荒々しく脱ぎ捨てた。

「まだ、日は高いぞ」

躊躇う光秀に腰巻一つとなった熙子が覆いかぶさってきた。

「日が高い……」

繰り返す光秀の口を熙子の口が塞《ふさ》いだ。甘酸っぱい香が脳天を貫いた。

「むぐうっ……」

熙子の舌が光秀の唇を割り裂いて荒々しく侵入してきた。光秀の口が開かれたと見るや熙子は光秀の舌を吸い上げる。唾液が二人の口から溢れ、しとねを濡らした。

覆いかぶさった熙子は光秀と口吸いをしたまま両手で腰巻を取り払った。光秀も全裸となる。

熙子は口を離し、光秀にまたがった。

小ぶりな乳房とたるんだ腹が揺れる。光秀は両の手で乳房を揉《も》みしだいた。親指と人差し指の隙間から黒ずんだ乳輪が見える。煕子は目を瞑《つぶ》り、

「強う……もっと強う」

と、ねだってきた。

求めに応じ光秀は両手に力を込めた。乳首が固くなり、煕子の口からあえぎ声が発せられる。光秀の男根もそそり立ってきた。煕子の手が光秀の一物を探り当てた。閉じられた煕子の目が開かれ、満足げな笑みが浮かんだのも束の間、一瞬にして雌の光を帯びた。煕子は勃起物を握ったまま、ほとをあてがいゆっくりと腰を下ろした。ぬめりを帯びた陰道にすっぽりと男根が収まる。茜とまぐわった時よりも小ぶりなわが息子ながら、煕子相手には何年もない立派さである。

煕子は上下に動き始めた。快楽に身を委ね、日頃の貞淑さを脱ぎ棄《す》てている。蜜壺も泣きださんばかりだ。繋がったまま光秀は半身を起こし、両手で煕子を抱きしめると右胸のとんがりを口に含む。こりこりとした乳首を舌で味わいながら甘噛みをした。

煕子は弓反りとなって悦《よろこ》びの声を上げる。頭巾が外れ、短くなった髪が濡羽色《ぬればいろ》に

艶めいた。

光秀は下腹に力を入れた。熙子の動きを見定め腰を律動させる。熙子の腰が下がると同時に光秀は腰を上げる。光秀の陰茎に何度も貫かれる内、熙子の全身が痙攣《けいれん》し始めた。足の指先が突っ張る。知らず知らずの内か、熙子は足の指と指の間に光秀の尻肉を挟んだ。

痛みが快感となり、腰の動きが速まる。

「あ…ああっ、ああん！　だめえ〜」

熙子が昇天したと同時に光秀も精を放った。

久しぶりの女房孝行だった。

身繕いを整えた熙子は普段の貞淑な妻に戻った。

「義秋さまの近習、細川さまがおいでくださるとはありがたいことでございます。旦那さま、よきお働きをなされたのですね」

すっかり、疑念が晴れたようだ。

「今夜、義秋さまに呼ばれた」

光秀は言った。

「それは素晴らしいですわ。義秋さまは旦那さまをお取り立てになられるのではございませぬか。義秋さまは将軍に成られるお方、旦那さまは将軍の直臣に……」

顔を輝かせる煕子に、

「まだ、わからぬ。過度な期待はせぬがよい」

「それはそうですが……旦那さま、ずいぶんと逞《たくま》しくなられましたな」

「戯れを申すな。急に変われるものではない」

「いいえ、逞しく、力強くなられました」

光秀の股間を見やり、煕子は笑みをこぼした。

三

暮れなずむ門前町を歩き、光秀は茜と会った持仏堂へとやって来た。連子窓の隙間から差し込む夕陽《ゆうひ》が堂内を浅紅に染めている。今日も茜は白の御高祖頭巾に黒の尼衣をまとい、艶然と微笑んでいた。昨夜は注意が向かなかったが、茜の背後に鎮座まします仏像は大黒天だとわかった。

「十兵衛さま、昨晩、良きことがありましたな」

茜に図星を指された。ひょっとして、光秀の来訪目的も察しがついているのかもしれない。

光秀は茜の前にあぐらをかいて言った。

「大いに良きことがあった。次の将軍足利義秋さまの知遇を得た」

「それはようございました。早々にわたしたちがお役に立てるのでございますね」

「役立ってもらいたい。義秋さまの病を治してもらいたいのだ」

義秋が勃起不全であると光秀は伝えた。

「還俗なさるまで女子を知らぬお方だ。気が逸《はや》る余り御珍宝が思うに任せぬようだ。男というものこうなるとな、どんな美女を相手としても、愛《いと》おしく想う女子であったとしてもだ……どうにもならぬ」

「男根より先に焦りが立つのでござりますね」

冗談混じりに言い、茜は笑みを深めた。

「そなたの仲間なら、そうした男の悩みに応えられる者がおろう」

「十兵衛さまと義秋さまのご期待に応えられる者……おりますわ」

茜は薄闇広がる天井に向かって、

「吹雪《ふぶき》や」

と、声をかけた。

天井からぼうっとした光を滲《にじ》ませた虫が舞い降りてくる。時節外れの蛍なのかと光秀は目を凝らす。

蛍は茜の御高祖頭巾に止まった。

と、次の瞬間、観音扉が音を立てて開き、これまた時節には早い、雪しまきが吹き込んできた。背筋を曲げて目を伏せ、雪を避ける。じきに観音扉がぱたりと閉じられ、人の気配を感じた。誘うような匂いに光秀は顔を上げた。

背の高い女が立っている。

薄紫の被衣《かつぎ》を被り、純白の小袖に身を包んでいた。帯までが白い。女は被衣を取り、光秀の前に座った。背中まで垂れた黒髪を白い輪で結んでいた。着物同様の抜けるような白さだが、冷たさは感じられず、つきたての餅のような肌である。大きな目が包み込むような慈愛に満ちている。

抱くというより抱かれたくなる女だ。

「吹雪でござります」

挨拶をすると蛍が吹雪の頭に止まった。肌とは正反対な黒髪に蛍の光が妖しく瞬いた。

「この者が男の悩みを克服するのか」

光秀の問いかけに茜は自信満々に答えた。

「吹雪なら、亡くなった殿御の一物も甦《よみがえ》らすこと、できます」

「死人の男根が立つとは思えぬが」

と言いかけて、光秀は言葉を止めた。

吹雪を見ていると、それも可能に思えてくる。

「吹雪、十兵衛さまのご立身がかかっておるのです。足利義秋さまのまら、将軍にふさわしき武器にして差し上げなされ」

茜の命に吹雪は首肯した。

夜更けとなり光秀は義秋の待つ光明院にやって来た。藤孝が出迎え、丁重に案内をされる。義秋の寝間へ繋がる廊下に至ったところで、

「この先は、お一人で」

藤孝はくるりと背中を向けると足早に立ち去った。光秀は廊下を奥に進んだ。

男女がまぐわう声が聞こえる。

襖は僅かながら開いている。隙間から覗《のぞ》き込むと毬《まり》のような尻が目に飛び込んだ。

全裸の千代がこちらに尻を向けて義秋の股間に顔を埋《うず》めていた。義秋は顔を朱に染めて千代の口淫を味わっている。義秋の男性器を吸い上げる淫靡な音が響いているが、義秋の表情は冴《さ》えない。汗を滲ませ、千代の名を呼んでいるものの、気持ちが籠っていなかった。

対して千代の秘貝はしとどに濡れそぼっている。感に堪えないように、

「上さま〜上さま〜」

一物から口を離し、千代は呼びかけるが、「うむ、うむ」と義秋は頼りなげにうなずき返すばかりだ。けなげにも千代は再び男根に貪りついた。

どれくらい続いたのであろう。くたびれたようで千代は口淫を止《や》め、手で顎《あご》を揉み始めた。

「すまぬ」

詫びた義秋同様に息子もうなだれていた。

「わたくしがいけないのです。上さまにはそぐわない女でございます」

哀れを止《とど》め、千代は着物を持って寝間の隅に移った。義秋は下帯だけを身に着け、しとねに座した。

「そなたが悪いのではない。余の倅《せがれ》が出来損ないなのじゃ。まこと、愚鈍な息子を持ったものじゃ」

首を左右に振り、義秋は嘆いた。

千代が着物を身に着けたのを見計らい光秀はそっと立ち上がった。二歩、三歩忍び足で後退して立ち止まると、こほんと空咳《からぜき》をしてから足音高らかに寝間に向かう。

「明智十兵衛、お召しにより参上致しました」

襖越しに光秀は声をかけた。

「苦しゅうない。入れ」

威厳を保つためか義秋は野太い声を返した。失礼致しますと襖を開け、光秀は寝間に身を入れた。千代は顔を上気させたまま、寝間から出て行った。額に貼りついたほつれ毛が千代の奮闘と無念を物語っているようで光秀の胸は締め付けられた。

「藤孝から聞いたな」

貧弱な裸体をさらしたまま義秋は問いかけてきた。

「まこと、おいたわしい限りと存じます」

誠意を込め、光秀は答えた。

「余は将軍になる資格なき者じゃ」

「何をおおせられますか。そのようなことは決してございませぬ。上さまの御宝珍はまごうかたなき名刀でございます。今は鞘《さや》に納まっておるのです。一たび抜き放たれれば天下無双の豪刀となり、ばったばったと群がる女性をなぎ倒しますぞ」

光秀は熱弁を振るった。顔が脂ぎり、鼻の黒子が微妙に蠢く。

「ならば、そなたにわが息子を委ねようぞ」

義秋は下帯を取った。

義秋はわが息子を光秀に委ねた。

頼り切るのを物語るような、縮み込んだまらである。光秀は襖を開けた。蛍がゆらゆらと飛来し、義秋の肩に止まった。

「蛍か……越前では長月になっても、蛍が飛ぶか」

義秋が驚きを示したところで、寒風と共に粉雪が吹き込んできた。烏帽子が吹き飛び、

「ひええっ」

義秋はしゃがみ込んだ。蛍が飛び去り、天井に止まった。油皿の炎が消え、月が雲で隠された。暗黒の世界に身を置かれ、義秋はぶるぶると震えた。怯《おび》える義秋に雪が降り積もる。

「何じゃ、越前はもう吹雪くのか、十兵衛、着物を……火桶《ひおけ》を……」

胎児のように身体を丸め、義秋は助けを求めた。

「辛抱でござります」

声を嗄《か》らし、光秀は励ました。

「我慢ならぬ。凍える……余は凍え死ぬぞ」

と、言ったようだが歯が嚙み合わず、言葉になっていない。還俗して一年余り、ようやく結った髷《まげ》は雪で真っ白だ。

やがて、義秋は動かなくなった。

本当に凍死するのではと光秀が危ぶんだところで、吹雪が現れた。薄紫の被衣を

被り、純白の小袖を身に着け、義秋の前に立つ。

「千歳丸《ちとせまる》や〜」

吹雪は義秋を幼名で呼び、被衣を取り払った。雪、風が止んだ。吹雪は慈愛に満ちた顔で、もう一度幼名で語りかけた。義秋は顔を上げた。両眼から涙が溢れている。

「おいでなさい」

胸をはだけ、吹雪は誘《いざな》った。

ふくよかな乳房がまろび出る。義秋は乳飲み子のように、乳頭をしゃぶり始めた。吹雪は義秋を抱きしめる。凍《い》てついていた義秋の身体に赤みが差し始めた。

「千歳丸、あなたは立派ですよ」

吹雪は義秋の頭を撫でさすった。義秋は胸に埋めていた顔を上げ、うれしそうに二度、三度と首を縦に振った。

「はいはい、してご覧」

吹雪に言われるまま、義秋は赤子のように膝で歩き始めた。吹雪も膝立ちとなって義秋についてゆく。続いて右手を伸ばし、義秋のふぐりを握り、

「逞しいお玉ですね」

ゆっくりと玉袋を揉む。義秋の動きが止まった。吹雪はにこにこしながら左の人差し指でふぐりから肛門になぞり上げる。

「ううっ」

義秋は尻をぴくんとさせた。その時、吹雪の指が肛門に差し込まれた。次いで吹雪は探るように指で肛門をかき回す。

「おおっ、おおっ」

義秋は叫び立てた。吹雪は肛門から指を抜き、義秋の耳元で立つよう囁《ささや》いた。義秋は立ち上がった。珍宝が下腹に貼りつかんばかりの勢いで勃起している。

「上さま、お見事にござります」

光秀が称賛の言葉を送ると、吹雪と蛍の姿は消えた。月光が差し込み、油皿の炎が立ち上る。

「千代、参れ！」

義秋は月に向かって吠《ほ》え立てた。

寝間着姿で千代が入って来た。

寝間の真ん中で仁王立ちする義秋に、怪訝《けげん》な表情を浮かべたのも束の間、

「上さま〜」

千代はうっとりと、義秋の股間に見入った。寝間の隅に控える光秀にも気づかない。

「どうじゃ、余の分身」

義秋は屹立《きつりつ》した竿《さお》を上下に動かした。ぬらぬらとした亀頭が、千代を誘っている。貧弱な身体にあって男根のみが、征夷大将軍《せいいたいしょうぐん》の威厳を示していた。

「ご立派でござります。まごうかたなき将軍の証《あかし》、千代はうれしゅうござります」

晴れやかな声で、千代は褒め称えた。

「うむ、苦しゅうない。好きに致せ」

義秋は千代を手招きした。

うなずいた千代は義秋の前に正座をし、まじまじと男根を見上げた。千代にしてみれば、待望の勃起物である。まずはじっくりと鑑賞したいようだ。きらきらとした目でかり首と竿、更にはふぐりまでを、時をかけて見た。次いで亀頭に鼻を近づけ、くんくんと匂いを嗅ぐ。

「これが殿方の匂いでござりますか」

千代は納得したように呟くと、おずおずと右の手指を竿に這わせた。続いて、人差し指と親指で挟む。

「どうじゃ」

誇らしげに義秋は問いかける。

「逞しゅうござります」

答えるや千代は竿を握りしめた。

「口淫じゃ。今こそ、そなたの口で、余の息子を可愛《かわい》がってくれ」

声を上ずらせ義秋は命じた。

千代は背筋をぴんと伸ばし、舌でかり首を舐めた。

「おおっ……」

義秋は歯を食いしばった。義秋の反応を楽しむかのように、千代は笑みを浮かべ音を立てて亀頭をしゃぶる。次いで大きく口を開くや、がぶりと食らいついた。義秋は目を閉じ、よろめいた。千代は両手で義秋の尻を抱き止め、首を前後に動かし始める。

「よき心地じゃ」

目を瞑ったまま義秋は感嘆の言葉を発する。千代は動きを速めた。口から、義秋の先走り汁の混じった唾液が溢れ落ちる。千代の目は、獣のような獰猛《どうもう》な光を帯びた。

「……もう……もう、いかぬ」

義秋の膝が、がくがくと震えた。

しかし、千代は口淫を止めようとしない。両手でがっちりと義秋の尻をわし摑みにし、一物を喉の奥まで入れた。

「もう、よい」

情けない声で義秋は訴えた。

と、やおら光秀が声を放った。

「上さま、将軍のご威勢を示されよ。受け身ばかりではなりませぬ。攻められよ」

その時、初めて千代は光秀に気づいた。驚きと恥じらいで、男根から口を離そうとする。

「上さま！」

光秀は甲走った声を発した。

義秋はかっと双眸《そうぼう》を見開き、千代の後頭部を両手で抑えると、

「いざ、出陣」

勢いよく腰を前後に律動させ始めた。いやいやというように千代は首を左右に振る。

千代は男根から口を離そうとした。

義秋との秘め事の場に居てはならない男に気づき、あられもない姿を見られた恥じらいで、雌から貴婦人に戻ったのだ。

「逃がさぬぞ」

今や義秋が雄と化している。

両目をぎらぎらと輝かせ、両手で千代の頭を押さえたまま、激しく腰を動かし続ける。

男根で口を塞がれているため言葉は発せられず、千代は首を左右に振り続けることで、抵抗を示す。次いで、義秋の尻から両手を離し、膝の上に置いた。

「余に身を委ねよ」

義秋は余裕の笑みを浮かべた。千代は観念したように小さく首肯すると、両目を閉じた。義秋は腰の動きを緩めた。千代の表情を和らがせ、改めて義秋の男根を受け入れるように腰を浮かすと膝立ちになる。

義秋は腰の律動を繰り返し、千代も首を前後に動かした。二人の動作は一体となり快楽の坂道を駆け上がる。寝間着の襟が乱れ、千代の細いうなじと肩が汗ばんでいる。

義秋の鼻息が荒くなり、顔が歪《ゆが》んだ。程なくして、「うっ」という声を漏らし、動きを止めた。千代も徐々に首の動きを緩めながら男根から口を離した。腰を落ち着け、陶然とした顔で義秋を見上げる。

義秋も笑顔で見返した。達成感を味わった一物は半勃《はんだ》ちとなっている。

千代の喉仏がごくりと動いた。義秋の精液を飲み干したようだ。それだけでは満足せず、千代は義秋の尿道から滴る男汁を吸い上げた。義秋はこそばゆいと女のように腰をくねらせた。千代は乱れた襟を整え袖で唇を拭った。光秀を見やり、

「この者は……」

と、義秋に問かけた。

義秋は寝間着を探した。千代が寝間着を取り、義秋に着せる。

「余の矢傷を手当してくれた者じゃ。矢傷ばかりか、珍宝もな。腕の程は、よおくわかったであろう」

にやりとして義秋は答え、しとねに座った。

「明智十兵衛光秀でござります」

光秀は両手をつき挨拶をした。鼻の黒子が微妙に蠢いた。

「名医なのですね」

感心しながら、千代は光秀をまじまじと見つめた。ここが売り込みどころだと光秀は思った。

「わたしめは、医師ではござりませぬ。医術を心得てはおりますが、根は武士でござります」

「ほう、そうですか」

うなずき千代は視線を義秋に移した。

義秋は興味を抱いたようで、

「朝倉に仕えておるのか」

「今は浪々の身でござりまして、時に朝倉に陣借りをして戦に出陣しております」

「鑓《やり》働きにも長けておるか」

「畏《おそ》れながら、鑓働きはもちろん、鉄砲にも通じております。また、軍勢の駆け引きにもいささか自信がござります」

声を励まし光秀は自分を売り込んだ。

義秋の目が凝らされた。

「軍略にも通じておると申すか」

鷹揚《おうよう》にうなずき義秋は問うてきた。

「孫子《そんし》をそらんじております」

さらりと光秀は言ってのけた。満足そうに義秋は、「うむ」と呟く。

「孫子に留まらず、孫武《そんぶ》の時代にはなかった武器、鉄砲を駆使した軍略も考案しております。近々の内には明智流兵法として書物にまとめようと思う次第でござります」

法螺《ほら》もいいところだが、胸を張って光秀は言い添えた。義秋、ましてや千代は兵法、軍略など、わかりはしないだろうと高を括《くく》ったのだが、

「明智流兵法書、読みたいですわ。わたくしは女だてらに孫子の兵法書を読んでおりますの」

　意外にも千代が興味を示した。

「十兵衛、早々にまとめるがよかろうぞ。余は将軍になる身じゃ。日の本《ひのもと》の兵馬の大権を握り、天下に静謐《せいひつ》をもたらさなければならぬ。兵法書はありがたい」

　愛妾に合わせ、義秋も求めた。余計なことを言ってしまったと後悔したが、ぼろを出すわけにはいかない。

「いずれ、書物にした折には真っ先に上さまに献上申し上げます……が、兵法というものは、本来、秘するものでございます」

　もっともらしい顔で光秀は答えた。

「その通りじゃのう。じゃが、余のみが読むのであれば、構わぬであろう」

　義秋は賛同を求めるように千代を見た。そうですとも、と千代は応じる。光秀は畏れ入ったとばかりに平伏して言上した。

「まこと、身に余るお言葉でございます。この上なき誉《ほまれ》と存じます。ですが、申しましたように明智十兵衛、ただ今は浪々の身にございます。陣借り、医術、手習い、兵法指南……日々の暮らしのために心ならずもわが技量を切り売りしておる次第」

「然《しか》るべく、礼金を取らせるぞ」

義秋は言った。

「矢傷の治癒で過分なる金子を頂戴しました。わたしは銭金ではなく、上さまのお役に立ちたいのです」

真剣な眼差《まなざ》しで光秀は義秋を見上げた。

「余の役にか……余の息子には大層役立ってもらったがな」

冗談混じりに義秋が返すと千代がきっとした目になって、

「上さま、明智殿の願い、真面目《まじめ》にお聞きください」

「わかった。して、十兵衛、余の近臣に加わりたいと申すか」

表情を引き締め、義秋は確かめてきた。

「お願い致します」

声を励まし、光秀は訴えた。

「明智家は美濃、土岐《とき》源氏に繋がる家柄じゃな」

「左様にございます」

確かに明智家は、初代美濃《みの》守護土岐時貞《ときさだ》の九男長山時基《ながやまときもと》の子、明智頼重《よりしげ》を祖とするのだが、光秀自身は何を隠そう明智家とは縁も所縁《ゆかり》もなかった。十年前、斎藤道《さいとうどう》三《さん》が嫡男義龍《よしたつ》に討たれた際、明智家も滅んだと耳にし、勝手に明智を名乗っているのだ。

光秀は浪々の末、腰を落ち着けた越前国坂井郡長崎村で明智一族所縁の者だと名乗り始めた。明智家の本拠である美濃国明智荘に住んではいたが、明智城が斎藤義龍の軍勢に攻められるといち早く逃げ出した。

そんな素性を隠し、光秀は続けた。

「土岐源氏の末裔《まつえい》としまして、足利将軍家に忠節を尽くしとうございます」

「よかろう。余の近臣に加われ」

光秀の欺瞞《ぎまん》を真に受け、義秋は許した。

「ありがたき幸せにござります」

喜びに光秀は全身を打ち震わせて見せた。

茜が言っていたことが現実になった。まさしく、茜は福マンである。

「余はな、越前に腰を据える気はない。一日も早く上洛《じょうらく》を遂げ、帝《みかど》より将軍宣下を受けるつもりじゃ。そこでじゃ、朝倉義景《よしかげ》、頼むに足りる男であろうかのう」

義秋は遠くを見るような目をした。

「朝倉家は越前の国主として栄華を誇っております。一乗谷の賑わいは北方の京、と、称えられる程でございます。上さまの後ろ盾になるに、これ程心強い大名家はございませぬ」

光秀が答えたところで千代は立ち上がった。政治向きの話になり、席を外そうという気遣いであろう。寝間から下がる千代に義秋は細川藤孝を呼ぶよう命じた。

「朝倉義景を頼るか……」

思案するように義秋は呟いた。

やがて、藤孝が入って来た。

「藤孝、十兵衛を近臣に加えた。異存あるまいな」

藤孝は異を唱えるどころか、それはようございましたと力強い声で賛同した。

「十兵衛は朝倉義景を頼るべしと申しておるのじゃが……」

義秋に、朝倉を頼ることへの躊躇いが感じられる。

「上さまは、織田殿に未練がおありなのですな」

藤孝の指摘に、

「多聞院英俊《たもんいんえいしゅん》殿の言葉が忘れられぬ」

義秋は言った。

怪訝な顔の光秀に藤孝が説明した。多聞院英俊とは大和興福寺の塔頭多聞院の院主だ。英俊は時事に通じていると評判で、今後の天下の趨勢《すうせい》を義秋に語ったそうだ。近々の内に何《いず》れかの大名が軍勢を率いて上洛を遂げ、将軍家を守《も》り立て、天下静謐をもたらす。その大名は甲斐《かい》の武田信玄、越前の朝倉義景、そして尾張《おわり》の織田信長の内の誰かだ。更に絞れば、甲斐は都から遠すぎる、朝倉義景は覇気に欠ける……。

「つまり、英俊殿は織田殿こそが上洛を遂げると断ぜられたのです」

藤孝は話を締めくくった。

「織田信長ですか、六年前、十倍の今川《いまがわ》勢を破り、美濃に牙を向けておりますな。美濃の東は手に入れたようです。まこと、覇気があると申しますか、猛々しい大名でござります」

光秀が言うと義秋は薄笑いを浮かべ、

「信長は猛々しい。何しろ、女子の乳首を嚙み千切るそうじゃ」

「信長は、女子の乳首を、噛み千切るのでござりますか」

自分の胸を触りながら光秀は問い直した。

「噂《うわさ》じゃがな」

冷笑を放って義秋は答え、それほどに猛々しい男の方が頼り甲斐があるのでは、と考えを述べた。対して藤孝は、

「織田殿は上さまの上洛要請を受けたのです。この葉月に、近江まで軍勢を繰り出してくださる手はずだったのですが、美濃の斎藤龍興《たつおき》に邪魔をされ、上洛には至りませんでした」

藤孝の話に義秋は悔しそうに唇を噛んだ。

「あの時は信長に裏切られたと恨んだが、信長の立場を思えば無理からぬことじゃ。朝倉義景は信頼のおける男のようじゃが、英俊殿が申されたように、覇気に欠けるのであれば、いささか気が引ける」

朝倉を頼ることを義秋は決めかねている。

「果たして、信長に上さまを奉戴《ほうたい》して上洛をする気があるのでしょうか。目先の領地争いにうつつを抜かす輩《やから》ではござりませぬか」

藤孝は朝倉を頼りたいようだ。

義秋は光秀を見た。

「明智一族は斎藤道三に仕えておったな。信長の室は道三の娘と聞いたぞ。十兵衛、信長の室を存じておろう」

「存じております。光秀を明智一族と信じて疑わない義秋の手前、引っ込みがつかず、躊躇いもなく嘘を並べた。

「存じております。信長公の室、帰蝶《きちょう》さまの幼き頃、何度か言葉を交わしました」

義秋の頼みを、

「ならば、室を通じ、信長の真意を探ってくれぬか」

「承知しました。尾張へ参ります」

引き受けてから、大きな後悔が押し寄せる。

「早速、役に立ってくれるな。余はうれしいぞ」

満足そうな義秋を見ていると、光秀も期待に応えようという気になった。

称念寺門前にある自宅に戻った。月明りが差し込む、寝間で熙子は寝入っていた。

光秀は熙子に添い寝をし、熙子の襟元にそっと右手を忍ばせる。小ぶりな乳房の突起物を指で弄《もてあそ》んだ。

「う……うぅん」

熙子は寝返りを打ち、こちらを向いた。光秀は乳房を揉みしだいた。

「……旦那さま」

熙子は目を覚ました。

光秀は無言で寝間着の前をはだける。露《あら》わとなった両の乳房を、力を込めて揉んだ。

「どうされたのですか」

戸惑う熙子の問いにも返事をせずに、乳首にむしゃぶりつく。

「そのような、乱暴な……優しく……優しくなすって……」

熙子の懇願も聞き入れることなく、乳を求める赤子のように光秀は乳首をちゅうちゅうと吸った。

「ああん……旦那さま……」

熙子は身をよじらせた。

光秀は乳頭を噛んでみた。

「い、痛いっ、痛《いと》うございます」

甲走った声で熙子は抗った。光秀は止めるどころか、更に強く歯を立てた。

「噛み千切るぞ！」

光秀は雄叫《おたけ》びを上げた。

四

神無月となり、越前に冬が近づいている。吹く風は肌寒くなり、どんよりとした曇り空が広がっていた。幸い、義秋から下賜《かし》された礼金で、あばら家が修繕でき、隙間風に悩まされることはない。野原のような庭もきれいにできた。池を作り、大銀杏《いちょう》を植えた。間もなく色づき、黄落した葉が庭に彩りを添えてくれるだろう。

三日後、光秀が尾張へ向け旅立つ予定だ。細川藤孝から、織田信長に足利義秋を奉じて上洛する意志があるのか、確かめて欲しいと要請された。つい、信長の正室帰蝶と面識があると、偽ってしまったために頼られた。帰蝶と口を利いたことはおろか、会ったこともない。

義秋の書状を持参すれば、信長と帰蝶に会えはするだろうが、光秀は単なる使者と見なされ、儀礼的な扱いしか受けまい。無難な言葉を返されるだけで、信長の真意などわかりはしないだろう。

さて、どうしたものかと思案に暮れているところに、

「御免！」

地響きのような大音声が轟《とどろ》いた。程なくして、玄関から煕子と来訪者のやり取りが聞こえる。

「旦那さま」

頭巾を被った煕子が居間に入って来て来客を告げた。

「朝倉さまのご家来がいらっしゃいました。真柄十郎左衛門《まがらじゅうろうざえもん》と名乗られましたよ」

「真柄十郎左衛門……おお、北方の勇者ではないか」

真柄十郎左衛門は朝倉家きっての豪の者、戦場にあっては、刃渡り六尺の大太刀を振るい、群がる敵をばったばったと斬り伏せる、と、評判だ。光秀は客間に通すよう告げた。朝倉家の使いで来たのだろうか。朝倉家が召し抱えてくれるのか。義

秋と朝倉義景、両者に仕えるのも悪くない。両者から禄を支給されるのだから。運が向いてきた。

光秀は高まる期待に胸を疼かせながら、客間に向かった。御免と声をかけてから居間に入ると、

「明智殿でござるか」

真柄は立ち上がった。

見上げるような大男だ。七尺もあろうかという長身、黒小袖に包んだ身は猛牛のように逞しい。豊かな髪を茶筅髷《ちゃせんまげ》に結い、髭《ひげ》で顔が埋まっている。太い眉に大きな双眸、大きな鷲《わし》鼻、分厚い唇、いずれもが桁外れて大きい。

ついい、裁着《たっつ》け袴《ばかま》の股間に目をやってしまった。一物もさぞや立派であろう。

「明智十兵衛でござる。まあ、座られよ」

気圧《けお》されまいと鷹揚に声をかけ、光秀は座した。真柄も腰を下ろした。座っても並の男くらいだ。

「明智殿の評判を耳にした」

声の調子を落とし、真柄は言った。

「いかなる評判ですかな」

「大変な名医とか。是非、相談に乗ってくだされ」

いかなる相談かと問い直すと、やおら真柄は立ち上がり、裁着け袴を取り去るや下帯から一物を取り出した。

股間から真柄十郎左衛門の一物がだらりと垂れ下がった。身体同様に巨大だ。

「御免」

断りを入れると、真柄は右手で竿をしごき始めた。光秀が名医だという評判を聞いた、と、真柄は言った。足利義秋の勃起不全を治した一件に違いない。ということは、真柄も勃たないのだろうか。こんな立派な男根が勃起しないとは、まさしく、宝の持ち腐れだ。

義秋を治療した吹雪に頼もうか、と思案したところで、

「おおっ」

光秀は目を見張った。

勃起不全などではない。

眼前には見事な勃起物が屹立している。馬並とは、まさしく真柄の陰茎だ。いや、

馬以上だろう。その上、賞賛すべきは大きさばかりではない。陣笠のようなかり首、大杉の幹のように真っ直《まっす》ぐな竿、見事な彫り物のように美しい。

北方の勇者は、得物《えもの》である大太刀同様の男の武器を備えていた。

と、

「まあっ……」

驚きの声と同時に熙子がお盆を落とした。板敷に茶碗《ちゃわん》が落ち、お茶がこぼれる。

「これは失礼した。勘弁くだされ、ご夫君に治癒をお願いしているのでござる」

真柄が一礼した拍子に男根が上下に動いた。

「い……いえ」

熙子は屈んで、板敷に転がった茶碗とこぼれたお茶の始末を始めた。見まいとして顔をそむけ、急いで始末を終えると早々に立ち去った。ただ、去り際に巨大化した一物にちらりと視線を向けたのを、光秀は見逃さなかった。

「馬詫び、と評判でござる」

朝倉家中では、馬並どころか、馬も詫びる大きな男根だと、評されているそうだ。

「どう、どう」

まるで馬を宥めるように、真柄は己が息子の亀頭を軽く手で叩《たた》いた。親に逆らわず倅は大人しくなる。真柄は男根を仕舞い、再び腰を落ち着けた。

「わが愚物をご覧に入れたのは、その方が相談事を致すに、わかりやすいと思ったからでござる」

真柄の一物が愚物としたら、この世の男はみな謝らなければならない。馬のように……

「いや、その……なんでござる。見ての通りの珍宝ゆえ、満足できぬのだ」

頭を掻《か》き掻き、真柄は言った。北方の勇者が困る姿を見るなど、夢想だにしなかった。

「満足できぬとは」

表情を落ち着かせ、光秀は問いかけた。

「巨大過ぎるゆえ、女陰を壊しかねぬ。かり首を入れるのが精一杯でしてな。拙者、一度でいいから、根元までどっぷりと出し入れしてみたいのでござる」

ため息混じりに真柄は語った。

打ち明けられてみればもっともだ。勃起不全も悩ましいが、でか過ぎるのも深刻だ。世の中、何事にも程があるものだ。

「明智殿、何とかなりませぬか。わが望を叶《かな》えてくださったら、御屋形さまに推挙致しますぞ」

真柄十郎左衛門に推挙されれば、朝倉家への仕官は叶ったも同然だ。

「根元まで、まらを出し入れできようか」

真柄はすがるような目を向けてきた。戦場では絶対に見られないであろう、弱々しき面持ちだ。

「万事、この明智十兵衛にお任せあれ」

胸を張り、光秀は答えた。鼻先の黒子が誇らしげに蠢く。真柄を満足させる女陰となると、茜が思い当たる。茜は自らのほとを琵琶の海だと嘆いていたが、真柄の男根ならば絶妙な名器となるのではないか。

そうなると、茜の気持ちは真柄に移り、真柄も茜の虜《とりこ》となってしまうのかも……茜と真柄がまぐわってもいないのに、勝手な想像で嫉妬する自分に、光秀は内心で苦笑した。

「しかとお願い致す」

居住まいを正し、真柄は礼を述べ立てた。

「わたしの朝倉家への推挙も、よろしくお願い致します」

光秀も慇懃《いんぎん》に返す。

「間違いなく召し抱えられますぞ、御屋形さまは、優れた御典医を求めておられるのでな」

真柄は光秀を医者だと思い込んでいるようだ。誤解を解いておいた方がいいと、光秀は言った。

「あ、いや、わたしは医者もやっておりますが、これでも武士、土岐源氏の血筋でござる。それゆえ、朝倉家で鐺働きがしたいのです」

真柄は光秀を見返し、

「さようでござったか。では、明智殿は美濃明智家所縁のお方なのですな」

と、言ってから首を傾《かし》げた。次いで、明智家は滅んだとばかり思っていたと、言い添える。明智家を騙《かた》るのがばれたかと身構えたが、

「明智家が滅んでいなかったとは、喜ばしい。御屋形さまへの推挙のし甲斐がある。して、わがまら、いかにすればよろしい」

幸いにして、真柄は疑ってはいないようだ。

「夕刻に出直して頂きたい」

茜に相談しなければならない。

「承知した」

真柄は腰を上げた。

光秀も立ち上がり、玄関まで見送った。熙子も挨拶に出て来た。

「先ほどは失礼致した」

再び真柄が詫びると、熙子は頬を赤らめ、頭を下げた。真柄はのっしのっしと、巨体を揺すりながら歩き去った。

光秀は真柄が朝倉家へ推挙してくれそうだと言った。

「それはようございました」

喜びの言葉の割には、熙子の声音には元気がない。どうしたのだと、表情を確かめると目元が火照っている。

「熱があるのではないか」

光秀は熙子の額に手を伸ばした。すると、熙子は両の掌《てのひら》で光秀の手を握り締めた。

「熱が出ました」

「それはいかぬ。早く、休め」

「旦那さまもご一緒に……でないと、わたくしの熱が下がりませぬ」

声を上ずらせ、熙子は訴えかけてきた。

そうか、熙子は真柄の勃起物を見て女陰を熱くしたのだ。

「旦那さま、わたくしの熱を……」

光秀の手を握ったまま、熙子はへなへなと膝からくず折れた。されば、寝間へ抱いていこうと思い、光秀は身を屈《かが》めた。

が、ここでいたすか……

手を振り解《ほど》くや、光秀は熙子を押し倒した。虚をつかれた熙子は、

「な、なにをなさるので……」

両目を見開いて抗いの言葉を発した。

「熱を冷ましてやろうぞ」

光秀は熙子にのしかかった。

「寝間で…寝間で、お願い致します」

白昼の玄関でのまぐわいに、熙子は羞恥心を呼び起こされたようだ。敢えてそれを無視し、光秀は右手で熙子の膝を割った。

「いけませぬ」

拒絶の言葉とは裏腹に、熙子の目元は和らいでいる。光秀は人差し指を熙子の口の中に入れた。一瞬、口を半開きにした後、熙子は指をしゃぶり始めた。両目が閉じられ、吐息が漏れる。頬が紅潮し、額に薄《う》っすらと汗を滲ませた。左手を股間に伸ばし、指で下の口を探った。

熱っぽくてぬるりとした淫液が、指にまとわりつく。

だが……

光秀の陰茎は無反応である。天下無双の男根を見せられ、わが息子は気後れしている。

「しっかりせい」

小声で倅を叱咤《しった》するも、うんともすんともならない。愛液を滴らせ、蜜壺の芯まで熱くしている熙子に申し訳ないが、じたばたしても仕方がない。

瓢簞の酒に頼ろう。自分の精液、茜の淫液が混じり合った酒ならば、しぼんだ陰茎を奮い立たせてくれるだろう。

「しばし、待て」

そっと光秀は上と下の口から指を引き抜き、身を離した。閉じられた両目が開かれ、熙子が困惑の目で見上げる。光秀は立った。

その時、

「御免、明智殿」

背後から声がかけられた。

熙子は素早く着物の裾を直すや、素早く起きて奥へと引っ込んだ。振り返ると細川藤孝が立っていた。

「お取込み中でござったか」

藤孝に夫婦の醜態を見られたかと、恥じらいで顔から火が出そうだ。

「家内が足を滑らせましてな」

苦しい言い訳をしながら、藤孝を玄関に上げた。藤孝は何も言わず、光秀の後をついて居間に入った。

「尾張行きは中止でござる」

いきなり、藤孝は用件に入った。

「そうですか……」

残念さと安堵が胸を交錯した。

「上さまは、朝倉家を頼ることにされたのです」

「信長を頼ろうとしておられたようですが」

光秀の疑念に藤孝はうなずき、

「朝倉義景さまの使者が参りましてな、一乗谷にて、御所を築かれるとか。来年の春には普請《ふしん》がなるそうです。上さまにあられては、一旦、御所に入られませ、そしてしかる後に、朝倉家が軍勢を催し、上さまの御上洛に同道致します、という朝倉さまの申し出を、上さまは承知なさったのです」

と、経緯を説明した。

夕刻、光秀は真柄十郎左衛門を伴い、茜が棲《す》む持仏堂へとやって来た。真柄は訝《いぶか》しそうに御堂を見上げる。

茜には真柄の悩み、巨大過ぎる一物ゆえ、満足なまぐわいができないことを伝えてある。万事、お任せあれ、と茜は自信満々に受けてくれた。茜の仲間には、真柄の巨根を受け入れられる者がいるのだろう。

どんな女なのか、光秀も興味津々だ。あいにくと、空は曇り、今にも雨が降りそうだ。中に入りましょうと、光秀は声をかけたが、

「ここで手当をしてくださるのか」

疑念の籠った目で真柄は問いかけてきた。

「いかにも。真柄殿、多年の望が叶えられますぞ。さあ、入りましょう」

光秀は階を上り、濡れ縁に立つと振り返る。未《いま》だ真柄はたたずんでいる。薄闇の中、七尺の長身、素襖の上からもわかる屈強な身体、巨木の如《ごと》き威圧感を漂わせてはいるが、髭に覆われた顔は不安に彩られていた。

「真柄殿、出陣の時ですぞ」

光秀は促した。

「……よし、いざ！」

迷いを吹っ切るように大音声を発すると、真柄は階を駆け上がった。光秀は観音扉を開けた。

板敷の真ん中に女が立っている。

立烏帽子《たてえぼし》を被り、水干、単《ひとえ》に紅長袴、腰に太刀を帯びる、そう、平安の世に男たちを楽しませた白拍子《しらびょうし》である。茜が用意した女に違いない。

「そなた……」

真柄は口をあんぐりとさせた。

白拍子は扇を広げ、今様《いまよう》を唄いながら舞を披露した。光秀は真柄を促し、持仏堂の中に入ると、並んで座した。一差《ひとさし》舞終えると白拍子は扇を閉じて正座をする。

「静香《しずか》でござります」

「静香か……源義経《みなもとのよしつね》を魅了した白拍子と同じ名ではないか」

真柄はまじまじと静香を見つめた。静香は閉じた扇を広げて顔を隠す。蒼い靄が静香を包み込んだ。艶めかしい空気が漂い、燭台《しょくだい》から立ち上る炎が揺れる。横目に映る真柄の顔は蕩《とろ》けそうだ。

光秀はそっと部屋の隅に座を移した。

やがて、静香はすっくと立ちあがり、ぽとりと扇を落とした。光秀からはよく見えないが、相当な美貌なのだろう。真柄は魅入られるように腰を上げ、静香に近づく。再び静香は今様を唄い始めた。

「おおっ」

真柄は感に堪えない声を漏らした。

と、静香は両手を広げ身体を回し始めた。これも舞かと光秀は首を傾げた。真柄は茫然《ぼうぜん》と立ち尽くしていたが、

「まいるぞ、静香」

一歩踏み出し、手を伸ばした。回転しながら、静香は真柄の手を逃れる。

「逃げるでない」

声を上ずらせる真柄をからかうように、静香は動きを止め、艶然と微笑む。

真柄は焦りを募らせた。静香はくるりと背中を向けた。背後から抱きしめようと真柄は静香に近づく。

真柄は両手で静香を抱き寄せようとした。静香は真柄の手をすり抜け、軽やかに舞い始めた。真柄は捕まえようと襲いかかるが、静香に指先すら触れられない。

光秀の目に、不思議な光景が展開された。優雅に舞う静香を、真柄は抱きしめようとするのだが、手は空を切ってしまうのだ。

やがて、静香は真柄の周囲を回り始めた。真柄は立ち尽くす。静香の立烏帽子が脱げ、黒髪が風にそよぐ。続いて水干と単衣、紅長袴がふわりと板敷に落ちる。いつの間にか真柄も全裸となっていた。もちろん、男根は巨大化している。

静香は動きを止め、真柄と向かい合った。

「その猛々しき御珍宝で、静香の女陰を貫いてくだされ〜」

静香の願いに、

「おお！」

真柄は雄叫びを以《も》って答えた。戦場で真柄が振るう大太刀さながらの男根が、息づいて上下に揺れた。かり首は先走り汁でてかっている。静香の股間からも白蜜のような愛液が滴っていた。

静香は右掌を広げ、前に突き出した。触れてもいないのに、真柄の巨体が仰向けに倒れた。天井に向かって勃起物が屹立する。静香は丸太のような男根を右手で握り、ほとにあてがった。

「あっふう〜ん」

静香は腰を沈め、ゆっくりと回り始めた。

「うっうう……」

真柄の口からため息が漏れ、深呼吸が繰り返された。静香の身体がねじのように回転し、巨根を呑《の》み込んでゆく。

「……静香は満たされますう～」

静香は動きを止め、真柄を見下ろした。真柄の一物は、根元までしっかり入っていた。

「で、できた！」

真柄は歓喜の声を上げた。静香は騎乗位で、腰を上下に動かした。両足を踏ん張り、愉悦の声を発する静香に合わせ、真柄も腰を律動させる。

「静香は名器なのですよ」

いつの間にか、茜が横に座っていた。

「名器……」

光秀は怪訝な気持ちで問い返す。

「いかなる女人も、受け入れられなかった大きな御珍宝が根元まで挿入されたゆえ、わたくしのように琵琶の海だと、お思いなのでございましょう」

茜に図星を指されたが、光秀は茜を気遣い、返事をしなかった。構わず、茜は続けた。

「静香のおそそは殿方の御珍宝に合わせて大きさ、形が変わるのです」

「なんと、そんなことが……」

光秀はごくりと唾を呑み込んだ。

静香は背面騎乗の体位を取り、「もっと、もっと」と真柄にせがむ。真柄は静香の腰を抱き、半身を起こすと後背位で腰を動かす。時を経ずして、

「たまらん！」

真柄は男根を引き抜いた。白蜜まみれの勃起物の先端から、白濁した男汁が天井を貫かんばかりに放出された。

光秀は真柄の推挙で朝倉家に召し抱えられた。

時は過ぎ、永禄十一年（１５６８）の夏である。

一乗谷は大地を焦がす強い日差しと、耳をつんざく蟬《せみ》しぐれが降り注いでいる。

足利義秋は、「義昭」と改名し、朝倉家が用意した御所に住んでいた。

光秀は朝倉家の禄を食《は》みながら、普段は御所に出仕している。大広間に入ると、細川藤孝が下段の間に座していた。上段に義昭はいない。

「十兵衛殿」

と、藤孝は語りかけてきた。近頃では明智殿ではなく十兵衛殿と呼ぶようになった。

「朝倉殿はいつ上洛の軍勢を催してくださるのでしょうな」

「間もなくと存じます」

願望を込めて光秀は答えた。実際は、上洛の目途など立っていない。「機が熟せば」と、義景は一日延ばしにしているのだ。藤孝は声を潜め、

「上さまは、信長を頼ろうとしておられるのです」

「信長ですか……確かに信長は日の出の勢いですな」

昨年の九月、信長は美濃を攻略、本拠を井の口に移し、岐阜と改名した。尾張、美濃を併せ百万石以上の勢力だ。朝倉家を凌《しの》ぐ身代となった織田家を、義昭が頼りたくなるのも無理はない。良く評せば慎重、はっきり言えば優柔不断な義景と違って、信長は万事に積極果敢だ。

「ならば、わたしが岐阜を訪れ、上さまをお迎えするよう、信長に伝えましょうか」

以前、信長の室、帰蝶を知っていると嘘を吐いた。義昭が朝倉家を頼ることになり、信長への使者となるのは中止され、嘘はばれないで済んだ。義昭の近臣となって月日を重ね、帰蝶と知己だと偽らなくとも、義昭は信長への使者にしてくれるだろう。

「十兵衛殿に、岐阜まで行って頂く必要はござらぬ」

書状のやり取りで、信長は義昭を岐阜に迎え、上洛の軍勢を催すと約束したそうだ。

「今度こそ、上洛し、上さまを将軍職にお就けするのだと、信長は勇んでおるようですな」

藤孝が今度こそと言ったように、二年前、義昭が越前にやって来る前に、信長は義昭を奉戴し、上洛の軍を発するつもりだった。それが美濃の斎藤龍興との争いで果たせず、捲土重来《けんどちょうらい》を期しているのだ。

義昭が信長に乗り換えるとなると、自分も朝倉家を見限り、織田家に仕えよう。

大広間を辞し、光秀は庭に出た。

池の方から女たちの嬌声《きょうせい》が聞こえる。庭木の隙間から池を覗いた。

池の中に下帯一つとなった義昭と、全裸の女が数人いる。女の中には千代もいた。

義昭は目隠しをして、両手を打ち鳴らしている千代を捕まえようとしていた。上洛の喜びで義昭は浮かれている。

と、背後に人気《ひとけ》を感じ光秀は振り返った。尼僧姿の茜が立っている。

「あの女……」

茜は燃えるような目で千代を見つめていた。

第二章　性技の合戦

一

永禄十二年（1569）十月、明智光秀は京の都にあった。

足利義昭は、昨年の七月に朝倉義景から織田信長に乗り換え、信長に奉戴されて上洛、念願の征夷大将軍に任官した。光秀は信長から禄を貰《もら》い、義昭の近臣と兼ねている。信長、義昭双方から信頼される身となった。牢人暮らしをしていた三年前とは大違いだ。それもこれも、茜と出会ったお陰である。

つくづく茜は福マンだ。

信長が義昭のために新造した二条御所の書院で、己が幸運を思いながら執務をし

ていると、

「明智殿」

陽気な声と共に木下藤吉郎秀吉《きのしたとうきちろうひでよし》が入って来た。戦国武者には程遠い小柄な身体、織田家中で、「猿」と呼ばれる通りの猿面だ。秀吉は気さくというよりは、馴《な》れ馴《な》れしい態度で光秀の横にべったりと座った。

光秀は目で用件を問いかける。

「いやあ、都は別嬪《べっぴん》が仰山おりますな」

下卑た笑いを秀吉は浮かべ、用件は告げずに問いかけてきた。

「明智殿はどんな女が好みですか」

何を言い出すのだと思いながらも、茜の顔が浮かんだ。茜とは答えずに、光秀は問い返した。

「そういう、木下殿のお好みは……」

「わしは、身分の高い女子がええですわ。都の公家の姫なんぞ、ええですな。明智殿は和歌や連歌の素養がありましょう。ほんで、歌を詠んで欲しいのですわ」

「歌……」

「上京《かみぎょう》の二条室町にえらく別嬪の姫さんがござらっせるんですわ。歌を贈りたいのですが、わしは歌はまったくわかりませんで、明智殿にさらさらっと詠んでもらいたいのですわ」

と、光秀の了承も得ず秀吉は素襖の懐中からごっそり短冊を取り出した。

「これだけ、歌を詠めと」

困惑して問い直すと、

「奥さまにどうぞ」

秀吉は煌《きら》びやかな扇、櫛《くし》などを差し出した。光秀の返事を確かめもせず、

「ほんなら、明日取りに来ますんで」

秀吉はさっさと出て行った。

秀吉に圧倒され、光秀は広縁に出た。池の側《そば》に尼僧がたたずんでいると思ったら茜である。茜は光秀の立つ広縁に近づいてきた。

「十兵衛さま、都で怪しげな者どもが蠢いておりますぞ」

「怪しげとは……」

「へそ比べを催しておるのです」

「何者が主催しているのだ」

腹をさすりながら光秀は問いかけた。

「巫女《みこ》どもです」

「何処の神社の巫女だ」

「それはわかりませせぬが、民を誘い昼間から酒を飲んでまぐわう……そのみだらなこと、目を覆うそうですよ」

「破廉恥極まるのう」

批難する言葉とは裏腹に、鼻先の黒子が微妙に蠢いた。

「探索してまいります」

茜も頬を火照らせている。

「わたしも行こうか」

光秀はにんまりとした。

「まずは、わたしにお任せあれ」

茜は妖艶な笑みを浮かべた。

茜は四条にある問題の神社を訪れた。玉垣に囲まれた敷地には、手水舎《ちょうずや》や神楽殿《かぐらでん》、神明《しんめい》造りの本殿があり、境内では炊き出しが行われている。大きな釜で粥《かゆ》が炊かれ、施しを受ける者が列を成していた。

炊き出しの手伝いを大勢の巫女が行っていた。鳥居を潜《くぐ》り境内に足を踏み入れた。巫女を統括しているのは、

「千代さま」

足利義昭の愛妾、千代ではないか。粥を受け取った者は口々に、「千代女《ちよじょ》さま」と礼を述べ立てている。一乗谷の御所で見た義昭との痴態が脳裏に浮かぶ。全裸で池を走り回っていた千代を見て、もしやと思った。千代は武田信玄に仕える凄腕《すごうで》のくノ一、望月《もちづき》千代女ではないか、と。

白衣に緋《ひ》袴の千代は笑顔を振りまいている。施しを受ける者たちによると、社の裏手には施浴《せよく》の湯殿が用意されているそうだ。そこでへそ比べが行われているのだろう。

湯殿を覗きたくなった。

湯殿へ行くのに遮る者はいない。本殿裏手の湯殿に近づくと、男女がまぐわう淫

靡な声が聞こえてきた。格子の隙間から中を覗く。湯煙が立ち上る中、全裸の男女が板敷にのたくっていた。

「あ、ああ～ん」

悩ましい愉悦の声が茜の蜜壺に響く。

「もし」

背中から声をかけられた。

何時の間にか千代が立っている。

「入浴をなされませ」

千代は言った。

「千代女さまは、大勢の民に施されておられるのですね」

「天に代わって施しております」

「どなたが、施し主なのですか。公方さまですか」

千代は首を左右に振り、

「我らの志は、心ある方々の喜捨で成り立っております」

千代が答えたところで巫女がやって来た。

「比丘尼《びくに》殿、お名前は」

「茜と申します」

千代は巫女たちに茜を湯殿の中に連れてゆくよう命じた。断る暇もなく、茜は巫女たちに導かれ湯殿の脱衣所に入った。巫女たちに囲まれる。あっと言う間に御高《お》祖頭巾《こそずきん》、黒の尼衣を脱がされた。

全裸の茜は両の手を取られ、隣室へと導かれた。板敷の真ん中に磔柱《はりつけばしら》が立っている。茜は磔柱に両手を広げられ、両足を閉じられて、縄で磔柱にくくりつけられた。

「何をなさるの」

茜は困惑の声を発した。千代がゆっくりと近づいてくる。

「ハライソへ導いて差し上げるのですわ」

ハライソとはバテレン教でいうところの極楽だと、千代は言い添えた。

「いや、やめて、怖い」

身をよじらせたがぴくりとも動かない。それどころか、かえって手首を縛る縄の締め付けが強くなった。

「安心なさい。じきに、わたしに感謝し、随喜の涙を流しますからね」

千代は茜の顎を手で持ち上げ、妖艶な瞳で茜を覗き込む。女陰がじんわりと疼いた。

「千代さま、おやめくだされ」

身をよじらせ、茜は訴えかけた。

「そうかえ、いやかえ」

悪戯《いたずら》っぽい笑みを浮かべ千代は問い返す。茜は首を左右に振り、拒絶の姿勢を示した。

「いやとは……どの口が言うのかのう」

笑みを深めるや、千代は右手の中指で女陰をなぞった。ねちゃっという淫靡な音が茜の耳朶《みみたぶ》にまで響く。自然と足が広がる。千代の指が陰核を探り当てると、茜はぴくんと仰け反った。指が小刻みに陰核を打つ。

茜は眉間に皺《しわ》を刻み、両目を閉じた。白蜜のような淫液が股間から溢れる。千代は指ですくい取り、茜の鼻先に近づけた。次いで耳元に熱い吐息を吹きかけて言った。

「下の口は正直じゃのう」

茜は薄目を開けた。勝ち誇ったような千代の顔がある。目が合うと、千代は唇を重ねてきた。ぴったりと唇が合い、舌と舌が絡み合う。千代は両手で茜の頭を抱え、顔を包み込む。二人の混ざり合った唾液が茜の顎《あご》を伝い落ちる。息遣いが荒くなった。

千代は手を離し、視線を茜の胸に落とす。

「見目よきお乳じゃのう。たわわで張りがある」

嬉々《きき》として千代は乳房を揉みしだいた。

「おお……つきたての餅のようじゃ」

牡丹《ぼたん》の蕾《つぼみ》のような乳首が固くなった。両手を縛られていなければ、膝からくず折れてしまう。頭の中に白い靄がかかり、奥の院が熱くなった。

「千代さま〜」

鼻にかかった甘え声で語りかける。

「どうしたのじゃ」

千代は揉む手に力を込めた。

「欲しゅうございます」

「何が欲しいのじゃ」

千代は見つめ返してきた。

「意地悪……」

すねたように返すと、

「じゃが、わたくしは女子、そなたが欲しいものを持っておらぬ」

千代は吐息を吐きかけてきた。茜は悲しげにまつ毛を揺らした。

と、千代は乳房から手を離すや、舌で胸からつうっとへそまでなぞる。へそに至ると、ぺちゃぺちゃ音を立てながら舐めまわす。茜の腰が前後に動き始めた。千代はつつましやかに生えそろった陰毛に顔を埋めた。

「ああ、千代さま、汚《きたの》うございます」

湯あみをしていない陰部は、不快な臭いを発しているに違いない。茜は羞恥で耳朶が熱くなった。悦楽の高まりがしぼんでゆく。

「気になさいますな」

股間に顔をつけたまま、千代は語りかけてきた。

「駄目です。おやめください」

必死の思いで茜は訴えかけた。やめるどころか、千代は深く息を吸い込んだ。もう、いや！　心の叫びを上げる。

「生の茜が知りたいのじゃ」

股間の匂いを味わいながら、千代は尻を振り立てた。緋袴の上からも臀部《でんぶ》の丸みがわかる。

「おお、かぐわしいのう」

千代の言葉が茜を羞恥の頂へ押し上げてゆく。

熱い息を吐きながら千代は白小袖と緋袴を脱いだ。豊かに盛り上がった乳房と艶のある肌、不似合いに生い茂った恥毛、千代の身体は、女の目にも魅力的だ。

だが、磔柱に縛られているとあって、指一本触れられない。それが、千代とのまぐわいの渇望をかき立てる。千代は茜を見ながら声を放った。

「出やれ」

数人の巫女が入って来て、茜を取り巻いた。各々の手には扇がある。広げられると光り輝いた。色鮮やかな、孔雀《くじゃく》の羽根である。

千代が右手を挙げると、巫女たちは孔雀の羽根で茜を愛撫し始めた。首筋、乳首、へそ、脇腹、恥部を撫でられ、こそばゆさと気持ち良さが混じり合って、不思議な快感に襲われる。

「……だ、だめ～」

茜は法悦の声を漏らした。

千代が勝ち誇ったような顔で近づく。孔雀の羽根にいたぶられ、千代の顔が霞《かす》んでしまう。千代は茜の股間を指でまさぐった。

「あれあれ、びっしょりじゃぞえ」

にんまりとすると千代は中指を陰門に挿入した。陰核を撫でるのも忘れない。巫女たちが茜から離れた。歓喜の表情の茜とは対照的に、何故か千代の顔は曇っている。千代は人差し指も入れた。茜は仰け反る。

「ほう、そうかえ……」

探るような目で千代は更に薬指も突っ込んだ。茜は全身から湯気が出んばかりに興奮した。千代は指を抜き、拳を作った。今度は慎重にゆっくりと陰道に入れる。陰壁を割り裂いて千代の拳は膣の奥深く進んだ。

「なるほどのう」

得心したのか、千代はうなずくと、拳を出し入れさせ始めた。

「くっ……ああん」

茜のほとから潮が滝のように噴き出た。

快楽に代わり、恥じらいが茜に押し寄せた。

「縄を解いておやり」

千代に命じられ、巫女たちが茜の縄を解いた。解放感と共に膝からくず折れる。心地よい疲労でたまらず身を横たえた。

「今度はわたくしを気持ちよくするのじゃ」

千代は尻を向けて茜にまたがり、股間を顔面におしつけた。千代の局部を茜はしゃぶり始めた。

「そこじゃ」

もぞもぞと腰を動かしながら、千代は声をかけてくる。

茜は舌先で千代の肉刺《まめ》を突いた。手指で小陰唇を開き、鼻を膣口に入れる。甘酸っぱくて淫靡な臭いが鼻孔を刺激する。滴る淫液をすすり上げた。

「よい……よいぞえ、茜……よいぞえ～」

腰の動きが激しさを増した。

茜は指で肛門をなぞった。恥じらうように蕾がすぼまった。

「そ、そこはなりませ……」

「いけませぬのか」

意地の悪い口調で語りかけながら、中指を菊の中に入れた。ぬるりとした感触と共に、後ろの口は指を受け入れた。

「かまいませぬ～」

絶叫と共に千代は果てた。

「千代さま、公方さまの御側におられなくて、よろしいのですか」

茜の問いかけに、

「公方さまには大勢の女子が、かしずいております」

けだるそうに千代は吐息を漏らした。

板敷に横たわる二人に、窓の格子が影を落としている。茜は指で千代の乳輪をなぞりながら、

「お寂しくは、ございませぬか」

「どのような殿御に愛されようが、寂しくない女はおりませぬ」

達観めいた言葉を発するや、千代は茜の上に被さってきた。両手で茜の顔を挟むと唇を重ねる。お互いの淫液の名残《なごり》を感じながら、舌を絡め合った。

やがて、千代は半身を起こして茜を見下ろした。

「そなた、公方さまの御側に仕えてはくれぬか」

「ええっ……」

義昭の側室になれというのか。

戸惑いで返事ができず、茜は千代を向いて座した。千代は茜の顔を覗き込んで言った。

「残念ですが、そなたのおそそは公方さまの御珍宝には合わぬ。よって、枕を共にするのは遠慮願う。それでも、そなたは床上手、公方さまと側女の情交を手助けしてもらいたいのです」

身勝手な要求を千代は抜け抜けとした。そればかりか、最も気にしている性器の緩さを千代は蔑《さげす》んだ。営みによる興奮が冷め、屈辱で身が震えた。

「お断り致します」

はっきりとした口調で茜は答えた。そうすることが、せめてもの誇りだ。

「ならば、無理には勧めぬ」

あっさりと千代は茜の拒絶を受け入れた。千代は施業《せぎょう》で女を呼び集め、へそ比べを行って義昭の側室を見定めているのだ。

光秀への報告は控えたい。だが、気持ちの整理がついた時のため、千代の行いを把握せねばならない。

「千代さまは、公方さまに側室をお勧めになっておられるのですか」

「さようです」

「何故ですか」

「公方さまの寵愛《ちょうあい》はわたくしから離れました。それなら、せめて、わたくしが気に入った女子を側女《そばめ》にしたいのです」

千代も側室としての誇りがあり、誇りを保つための努力をしているようだ。というより、足利将軍家の奥向きを仕切りたいのだろう。

千代、実は望月千代女《ちよじょ》、武田信玄に仕える女忍びの頭目だ。義昭の側室になったのも信玄の命だろう。とすれば、信玄は義昭を取り込もうとしているのか。

今、千代が望月千代女であるのを確かめようか。

いや、止めておこう。千代と信玄の狙いがわかるまで、泳がせておいた方がいい。光秀への報告もそれまで待とう。光秀は義昭の近臣でもある。千代と接する機会もあるのだ。その際、光秀が疑いの目で千代を見ては、千代に不審がられる。

「お辛いでしょうね」

茜は千代への嫌悪を笑顔で隠した。

千代は軽くうなずいた。

二

月日が流れ、元亀《げんき》元年（1570）の五月、織田信長と足利義昭の間には隙間風が吹いている。政《まつりごと》の主導権を巡り、将軍の威を示したい義昭と、将軍を飾り物にして実権を握りたい信長、二人の間で光秀は板挟みになっていた。

光秀は信長が義昭のために新造した二条の将軍御所に出仕している。光秀が執務をしている書院に、細川藤孝が訪ねて来た。

「どうも、いけませんな」

藤孝は義昭と信長の不和を嘆いた。

この四月、信長は大軍を率いて越前に侵攻したが、妹お市《いち》を嫁がせていた北近江の大名、浅井《あざい》長政《ながまさ》の裏切りにより、敗走した。これを見た義昭は朝倉、浅井に肩入れを始めた。

「上さまは、どうして信長公と対立なさるのですか。将軍自ら政をなさりたいのですか」

光秀の問いかけに、

「そうは思えないのですよ」

藤孝によると、義昭は政にさほど関心を抱いていない。政務は藤孝たち近臣に任せ、訴訟《そしょう》などの面倒な仕事は、「良きにはからえ」で済ませる。

「ならば、政は信長公に任せておけばよいではないですか」

光秀の言葉に、藤孝はその通りだと賛同した上で言った。

「操られておられるのです」

「何者に……」

　光秀は声を潜めた。

「千代殿です」

　藤孝の眉間に皺が刻まれたことが、事態の深刻さを伝えている。茜によると、千代は四条の神社で施業を行っているそうだ。義昭は何人もの側室を持ち、自分から寵愛が離れたと千代が嘆いていると、茜は言っていた。

「上さまは、何人かの側女をお持ちでござりましょう」

　疑念を込め、光秀は確かめた。

「みな、千代殿が選んでおるのです」

　施業はそのために行っているのだと藤孝は言い、説明を加えた。

「施業にやって来た娘の内、見目よき者を千代殿は選び、その上でへそ比べなる女陰調べをやり、上さまの御珍宝に適《かな》った者を側女に加えるのです」

「何故、そのようなことを……」

「申したように、上さまを操るためです」

「千代殿は女将軍に成りたいのですか」

「そうかもしれませんな」

藤孝も千代の狙いが読めないでいるようだ。

「上さまが信長公と敵対するのは、千代殿に動かされてのことなのですな」

「どうも、千代殿は信長公を嫌っておるようですな」

「何故ですか」

「乳首を嚙み千切るような殿御は嫌いだと、おっしゃっておられましたぞ」

冗談なのか本気なのか、藤孝は千代の心の内が読めないそうだ。

「信長公、厄介な女性に嫌われたものですな。ならば、信長公から千代殿に贈り物をして頂きましょうか」

千代が好みそうな着物、小間物を整えようと思った。千代を懐柔する一方で、千代の狙いを探らねば。何故、信長を嫌うのか。

「もっとお〜こすってくだされ〜」

甘え声で茜はねだる。

光秀は茜の陰核に鼻先の黒子をあてがい、上下に動かした。黒子がうまい具合に突起物を刺激し、あられもない姿となった茜を愉悦に導いている。

京都屋敷内に持仏堂を建て、そこに茜たち白蜜党を住まわせている。光秀も全裸となり、真っ昼間からまぐわっていた。光秀の股間には、やはり素っ裸となった湊が潜り込み、光秀の男根を口淫している。光秀も快感が高ぶり、茜への奉仕に集中できない。湊の長い舌がかり首から竿に絡みつき、自然と腰が動き出す。巨大化した男根を湊は呑み込み、喉にまら先が当たった。

茜は両足で光秀の顔を挟み込んだ。

息が苦しくなった。光秀の苦悩とは裏腹に茜は快楽を味わっている。

「も、もう、くだされ……はようくだされ」

普段に増して光秀の一物を欲している。茜は光秀の顔を挟んだ足を離し、大きく広げた。

「殿御の物、本物が欲しい……」

茜が望むまま光秀は湊の口から男根を抜き、熱く濡れそぼった肉壺に挿入した。僅《わず》かに律動を繰り返しただけで、光秀と茜は達してしまった。

光秀と茜の身体が離れるや、湊が杯を持って来て、茜の恥部にあてがった。秘貝が妖しく蠢き、光秀の精液と茜の淫液の混じった白蜜が滴り、湊は杯で受け止める。

「湊、こちらへ」

落ち着きを取り戻した茜は杯を受け取り、じっくりと見てから指ですくい取った。次いで鼻先にもってゆく。

「薄うございます。十兵衛さま、まさか他の女性と……」

茜から疑いの目を向けられ、

「妻だけじゃ」

光秀はかぶりを振った。

疑いを解かない茜に、光秀はため息混じりに続けた。

「妻はな、淫液入りの酒を飲んで以来、盛りのついた犬じゃ。今頃、女の悦びを味わっておる」

「律儀な十兵衛さまは、奥さまに奉仕しておられるのですね」

納得したのか茜の顔が和んだ。光秀は素襖《すおう》を身に着け、茜も尼僧姿になった。湊も小袖を着て、茜から杯を受け取ると、瓢箪《ひょうたん》の酒に混ぜ始めた。

そこへ若侍が入って来て、茜の横に座った。

前髪を落としていないのを見ると、元服前だ。光秀は目を見張った。眉目秀麗《びもくしゅうれい》とは、眼前の若侍を指す言葉だ。白の小袖に空色の肩衣《かたぎぬ》がよく似合っている。衆道の趣味はないが、思わず魅入ってしまった。

「紹介申し上げます。白蜜党の貢《みつぐ》です」

茜は貢の肩に手を置いた。貢はにっこりと微笑むと、右の頰に大きな笑窪《えくぼ》ができた。

「白蜜党は女子ばかりと思っておったが、このような美童もおるのだな」

光秀は感心して何度もうなずいた。

戦国武将には男色を好む者が珍しくはない。貢は役立ちそうだ。

「茜、頼みがある」

光秀が語りかけると、貢と湊は持仏堂から出ていった。茜は無言で話の続きを促した。

「千代が上さまと信長公の仲を裂こうとしておる。その狙いを探ってもらいたい」

光秀は藤孝から聞いた、千代の施業が義昭の側室選びだということ、千代は義昭を操り、信長と敵対させようとしていることを話した。

「実は千代さまから、公方さまの側女になるのを勧められたのです。ただ、側女と申しましても、わたしのおそそは琵琶の海ですので、公方さまと側女が一儀に及ぶのを手伝えと言われました」

茜は千代の申し出に屈辱を感じ、断ったと言った。次いで、四条の神社での施業で演じた痴態を打ち明けた。義昭と側室が契っているのを見ているのは辛《つら》いだろう。断って当然だ。

「そうか、それでは無理には頼めぬな」

光秀は腕を組んだ。

「ですが、千代のこと、わたしは存じております。望月千代女、武田信玄に仕える女忍びの頭領です」

茜に教えられ、

「これは驚いた。信玄の忍びだったのか。ならば、上さまと信長公を敵対させようとしているのは信玄か」

しかし、織田と武田は盟約を結んでいる。その証として、信長の嫡男信忠《のぶただ》と信玄の娘、松姫は婚約をした。信玄は老獪《ろうかい》、盟約を結んだ裏で信長追い落としを狙っていても不思議はない。

「わたしも千代さまが望月千代女とは、半信半疑でした。甲斐《かい》の国で千代女を見たのは五年前、一乗谷の御所で見かけたのは二年前、いずれも遠目でしたので、他人の空似かもしれないと、確信が持てなかったのです」

それが、四条の神社で巫女たちを操り、巫女たちから、「千代女さま」とかしずかれているのを間近にして、望月千代女だと確信した。千代女が巫女を使った諜報《ちょうほう》活動を行っているとは、忍びの間では知られたことだと茜は教えてくれた。

「それにしても、上さまが近江を流浪しておられた頃から、側女に送り込むとは信玄の深謀遠慮には驚くばかりだ」

敵ながらあっぱれと光秀は感心した。

「甲斐は山国でございますので、雑説を集めるため、信玄は金品を惜しまぬとか」

雑説とは今日で言う情報である。信玄は甲斐の金山で採掘した金を使い、数多《あまた》の忍びを全国に放っているそうだ。義昭が将軍になると見込み、側近くに千代女を送り込んで、時をかけ、武田の意向に適《かな》う将軍に仕立てていったのだ。

とすると、信玄はやがて上洛する気なのかもしれない。風林火山の旗の下、武田勢が山津波のように織田勢に襲いかかる日がやってくる。

その前に朝倉と浅井を倒さねば。

光秀の脳裏に真柄十郎左衛門の巨根が浮かんだ。

夏真っ盛りの六月、信長は同盟者徳川家康《とくがわいえやす》の援軍を得て、浅井、朝倉連合軍を北近江の姉川《あねがわ》で撃破した。四月、越前に侵攻し、浅井長政の裏切りで手痛い敗走を遂げた雪辱を果たしたのだった。

合戦が終わり、夕闇迫る姉川の河岸は死屍累々《しし るいるい》、鴉《からす》が群れ、近隣の百姓たちが甲冑《かっちゅう》や太刀、弓、鑓《やり》など、身ぐるみ剝がして持ちさってゆく。そんな、不届きな者たちの間を、僧侶や比丘尼が敵味方問わず、死者を供養していた。

疲労困憊《こんぱい》した光秀は、本陣で開かれている勝利の宴をそっと抜け出した。甲冑を脱ぎ、鎧直垂《よろいひたたれ》となって河原《かわら》に腰を下ろす。あいにく、大した働きは出来なかった。鉄砲を駆使した軍略には自信があると、信長に売り込んだのに、いい所を見せられなかったのだ。

今後も合戦は続くゆえ、手柄を立てる機会は訪れよう。そんな風に自分を勇気づ

けたところへ、茜がやって来て、

「真柄十郎左衛門を討ち取ること、できますよ」

思いもかけない朗報をもたらした。

北方の勇者真柄十郎左衛門は、刃渡り六尺の大太刀を振るい、獅子奮迅《ししふんじん》の働きをした。朝倉勢に対したのは徳川勢だったのだが、数多の将兵が真柄の刀の錆《さび》となった。敵味方入り乱れての白兵戦の挙句、敗走する朝倉勢に混じった真柄を徳川勢は見失ってしまったのだった。

「姉川から北へ一里余りの所にある閻魔堂《えんまどう》で休んでおります」

「よし、行くぞ」

と、意気込んだものの、とても一騎討ちで敵《かな》う相手ではない。返り討ちに遭うに違いない。ならば、手勢を率いて乗り込むか。

しかし、それでは、真柄に気づかれる。気づかれないよう、少数精鋭で向かうのがよかろうが、真柄なら、百人で襲いかかっても取り逃がしそうだ。

光秀の迷いを読み取ったのか、

「十兵衛さま、お一人で大丈夫です。白蜜党にお任せください」

茜は何でもないことのように告げた。

「静香に真柄と同衾《どうきん》させ、真柄が快楽に浸っておるところを、わたしが討ち果たすのだな」

光秀の考えを茜は首を左右に振った。

「十兵衛さまは、立ち会って頂くだけでよろしいのです」

「黙って見ておればよいと申すか」

光秀の言葉に茜は微笑んだ。

「どのような趣向なのかは存ぜぬが、茜に託そう」

光秀は馬に跨《またが》った。

茜が轡《くつわ》を取った。

日が落ち、蛍が飛び交っている。討ち死にを遂げた者たちの魂が彷徨《さまよ》っているようだ。自分もあの中にいたとしても不思議はない。戦場にあって死は隣り合わせなのだ。

戦でたぎった血潮を静めるため、真柄は女を求めるだろう。蜜壺に猛った一物をぶち込みたいに違いない。

「真柄十郎左衛門、快楽の中で死ね」

光秀は呟いた。

光秀は茜の案内で、真柄十郎左衛門が潜む閻魔堂近くまでやって来た。既に夜の帳《とばり》が下りている。今夜は晦《つごもり》とあって未だ月は出ていないが、満天の星が瞬いていた。

光秀は馬を下りた。

夜陰に竹藪が陰影を刻んでいる。竹藪を抜けたら、閻魔堂があると茜が教えてくれた。

「静香に任せるのか」

光秀の問いかけに、

「静香以外、真柄の大太刀に対抗できる者はおりませぬ」

茜の言う通りだろう。巨大な真柄の男根を受け入れられるのは、天下広しといえど、静香だけだ。静香のほとは、真柄の男根を根元まで呑み込み、彼を愉悦の極みまで導く。

「やはり、真柄が静香と同衾に及んでおる時に、襲いかかるのだな」

姉川の戦場でも同様の問いかけをした。北方の勇者真柄十郎左衛門の首級を挙げるには、それしかないと……

実際、今回の合戦でも真柄は阿修羅《あしゅら》の如き暴れぶり、刃渡り六尺の大太刀で屍《しかばね》の山を築いた。大太刀が太郎太刀なら、彼の男根は次郎太刀であり、朝倉家中では、「馬詫び」と称されている。つまり、馬並どころか馬も詫びる巨根なのだ。

静香に次郎太刀の相手をさせている間に、太郎太刀と戦う。まぐわいの最中であれば、勝機あり、ではないか。が、茜は姉川でその考えを否定した。

「十兵衛さまは、立ち会うだけでよろしいのです。万事、静香にお任せくだされ」

姉川での答えを茜は繰り返した。

しかし、光秀が何もせず、全てを静香に委ねて、真柄の命を奪えるものだろうか。枕を共にした女に命を狙われるのは、戦国武将ならば珍しくはない。いくら、この世で唯一人、根元まで一物の出し入れができる女相手としても、合戦直後に現れれば用心する。

営みの中にあっても、真柄は不覚は取らないだろう。

疑念が拭えない光秀に茜は言った。

「わたくしと白蜜党を信じてください。静香の万華鏡の如き女陰にお任せあれ」

相手のまらに合わせて変幻自在に変化する静香の女性器を、万華鏡とは言い得て妙だ。

「承知した。わたしも腹を括ろう。思えば、わしの運は茜との出会いで開けた。そなたは二人といない福マンだ」

光秀は深く首肯した。鼻先の黒子が微妙に蠢く。馬の手綱を竹藪の木に繋ぎ、閻魔堂に向かおうとした時だった。

馬蹄《ばてい》の音が聞こえる。次いで、人馬の発する声も聞こえた。闇に松明《たいまつ》が揺れ、程なくして十騎の武者が殺到してきた。

光秀と茜は竹藪の中に身を潜めた。真柄を迎えにやって来た朝倉家の武者たちとしたら、今回の企《くわだ》ては水泡に帰す。茜も心配顔で武者たちを見つめた。目を凝らし、光秀は馬上の武者同士のやり取りにじっと耳をすます。

「真柄は竹藪を抜けた閻魔堂に潜んでおる。いくら、天下無双の豪傑といえど、大戦の後じゃ。我ら十人で挑めば、討ち取れる」

「真柄を越前に帰しては、徳川家の恥、奴《やつ》の犠牲となった者どもに顔向けができぬ」

どうやら、徳川勢のようだ。

徳川勢に先を越されてしまう、と、光秀は危ぶんだが、

「十人くらいでは、真柄は討ち取れませぬわ」

という茜の見通しを聞き、光秀も同意した。

すると、竹藪が大きく揺れた。竹がしなり、木々の枝が折れる。程なくして巨人が現れた。武者の手にある松明が、巨人の姿を浮かび上がらせた。

七尺近い巨体を甲冑に固め、刃渡り六尺の大太刀を手にしている。兜《かぶと》は被らず、元結を解いたざんばら髪が夜風にたなびいていた。並外れた勇者を一騎当千というが、甲冑姿の真柄はまこと一人で千人の敵を倒しそうだ。

北方の勇者を目の当たりにし、武者たちは息を呑んでいる。つい今しがたの意気軒高ぶりは何処へやら、挑みかかる者はいない。

「わしの首が欲しくば、取ってみよ！」

真柄の陰になっていてわからなかったが、背後に従者が二人いた。彼らは二人揃《そろ》って大太刀の鞘を両手で摑んだ。

「行くぞ！」

夜空を圧する大音声を発するや、真柄は大太刀を抜き放った。匂い立つような刀身に鬼と化した真柄の顔が映り込む。

鬼に金棒とはこのこと、豪刀は真柄と一体となるや、真柄は巨体に不似合いな素早い動きで武者に近づき、大太刀を横に一閃《いっせん》させた。二人の武者の胴、そして二頭の馬の首が切断され、血飛沫《ちしぶき》と共に舞い上がる。

光秀は悲鳴を上げそうになり、慌てて両手で口を覆う。その拍子に鎧の草摺《くさずり》が鳴った。横目に映る茜は両手を合わせ、小声で読経《どきょう》している。

声を潜める光秀と茜に対して、徳川の武者たちは身も世もない悲鳴を上げ、迫りくる恐怖に襲われている。真柄は追いつめられた獲物を前にした野獣の如く、一切の容赦なく狩り立てた。

三人の武者を大太刀で串刺しにすると、頭上でぶんぶんと振り回し、夜空高く吹っ飛ばす。真柄にとって相手の甲冑などないに等しい。残る五人は馬を下り、真柄の周りを囲んだ。真柄が余裕の笑みを浮かべているのに対し、五人はびびっている。

「臆したか」

真柄は大太刀を縦横無尽に振り回した。一瞬にして三人の武者が骸《むくろ》と化す。首、腕、胴、足がばらばらとなって地べたに転がる。残る二人は竹藪に駆け込んだ。真柄は追いかけ、藪に押し入るや、大太刀で竹や木々を斬り倒す。見る見る藪は伐採され、二人が身を震わせて立ち尽くしていた。

鑓を手に怯える二人に真柄は迫る。

二人は鑓を捨て、両手を合わせて命乞いをした。真柄は瞬《また》きする程の躊躇いもなく、一人の首を刎《は》ね、最後の武者の前に立つと、

「死ね！」

怒髪天を衝《つ》く怒声を浴びせ、大太刀を振りかぶった。次いで、反り身となり、大きく勢いをつけて脳天に振り下ろす。

太郎太刀は兜を割り、脳天を切り裂き、それでも勢いは衰えることなく、一直線に股間にまで達する。武者は左右真っ二つに割れた。

光秀はこの場から逃げたくなった。真柄は人ではない。あの巨根を見て気づくべきだった。あいつは魔獣なのだ。

膝ががくがくしている光秀と違い、茜は堂々と立ち尽くしている。真柄が閻魔堂に入るのを見て、光秀を誘って歩き出した。閻魔堂に着くと、二人は濡れ縁に上が

り、連子窓の隙間から中を覗く。

閻魔大王の木像前で、静香が舞を披露している。但し、今夜は白拍子の格好ではなく、全裸であった。立烏帽子も被らず、長い黒髪が闇にあっても光沢を放っていた。扇が優雅な動きで真柄を誘う。

真柄も素っ裸になった。

男根は次郎太刀と化している。太郎太刀は敵の血を大量に吸った。股間の次郎太刀は静香の淫水を吸い尽くさんといきり立っていた。

「参れ！」

敵に対するような野太い声を放った。

静香は舞を中断し、真柄と対峙《たいじ》した。白拍子の典雅な様子はなりを潜め、雌と化している。口を大きく開き、舌なめずりをするや、

「逝かせてたもれ」

と、両手を大きく広げ真柄に突進した。

真柄も両手を頭上に掲げて静香を迎え入れる。静香は豊満な乳房をぶるんぶるんとたゆませ、真柄の間近に迫るや、大きく跳躍した。次に股を広げる。秘貝がぱっ

くりと口を開け、白蜜のような甘液が滴った。

と、

「おおっ」

光秀は驚きの声を上げた。

なんと、股間から真柄にぶつかった静香は、蜜壺にすっぽりと真柄の巨根を呑み込んだのである。

「ううっ……静香、できる」

感じ入ったように呟くと、真柄は両手で静香の脇腹を抱きかかえ、立ったまま腰を律動させた。

「駆けてたもれ」

静香は嬌声を発する。真柄は腰を動かしたまま走り出した。万華鏡の如き女壺と、馬詫びの巨根はネジで止めたようにぴったりとくっつき、静香の淫水を飛び散らせながら堂内をぐるぐると回った。

「もっとお〜」

静香に言われ、真柄は腰と足を速める。すると、静香自身が独楽《こま》のように回り始めた。真柄の男根を軸に激しく回転している。黒髪が振り乱れ、あられもない静香は愉悦の声を上げた。真柄も快感の声を漏らしていたが、やがて苦し気にわめき始めた。ついには止めろと懇願する。

「やめろ～やめてくれ」

真柄は叫んだ。

静香は聞き入れない。それどころか、益々《ますます》回転の速度を上げる。

やがて、真柄の口から断末魔の悲鳴が上がった。独楽の軸、すなわち真柄の男根が根元から断ち切られた。股間から男汁の代わりに鮮血が噴き上がる。

「静香の性技、両刃女陰です」

茜は言った。静香のほとは、名器にも名刀にもなるのだそうだ。光秀は真柄の首を切り取ったが、持ち帰る気になれなかった。ようやく巡り合った好相性の同衾相手の蜜壺は、死への穴だった。男として同情を禁じ得ない。光秀は真柄の首級を閻魔大王に供えた。

翌日、残党狩りをしていた徳川の家臣向坂《さきさか》兄弟が首級を家康本陣に持参した。向坂三兄弟の一人は真柄に討たれており、後年、残った二人の兄弟が仇を討ったと賞賛されることになる。

三

姉川の合戦に勝利したものの、浅井、朝倉の勢いは衰えない。衰えない理由は、信長に敵対する勢力が増えたからだ。比叡山延暦寺《ひえいざんえんりゃくじ》、大坂本願寺《ほんがんじ》、伊勢長嶋《いせながしま》一向宗徒、三好党、南近江を追われた六角の残党が、畿内や畿内周辺で反信長の旗を掲げ、活発な動きを示している。

そのため、信長は浅井、朝倉打倒に全力を注げず、浅井、朝倉の力を削《そ》ぐには至っていない。苦闘の中、信長は比叡山延暦寺を焼き討ちにした。

焼き討ちの後、光秀は信長から近江志賀《しが》郡五万石を与えられた。琵琶湖に面し、比叡山の麓にある坂本《さかもと》に城を築くことも許された。元亀二年（１５７１）の九月、琵琶湖の湖面は銀の砂を撒《ま》き散らしたように煌めき、渡る風は爽やかだ。普請《ふしん》現場の木株に腰を下ろし、白湯を飲んだ。

すると、尼僧姿の茜が近づいてきた。茜は残骸と化した延暦寺を訪れ、死者の供養をしてきたそうだ。その責めるような眼差しを逃れるように、顔を背《そむ》けて言った。

「信長公は延暦寺に浅井、朝倉の軍勢を二度と駐屯させなければ危害は加えないと通告された。延暦寺の坊主どもは、話し合いに応じるどころか無視しおった」

「ですが、お寺に火をかけ、お坊さまや丸腰の女、子供まで殺《あや》めることはないではありませぬか」

茜の目は険しい。

「延暦寺は聖域だ。女、子供がいてはならぬのだ。それに今は戦国の世だぞ」

結局、世の中のせいにした。茜は薄笑いを浮かべて言った。

「信長公、延暦寺の領地が欲しかったのでしょう」

茜の言う通りだ。光秀は大名に取り立てられた代わりに、延暦寺の荘園を悉《ことごと》く接収する役目を負わされた。気詰まりとなり、光秀は話題を変えた。

「わしは一城の主となれた。しかも琵琶の海に面する地のな」

不意に光秀は下卑た目を茜の股間に向けた。

「あら、琵琶の海を眺めて、わたしの秘壺を思い浮かべられたのですか」

茜はにたりとした。

光秀は軽くうなずくと、右手を茜の股間に伸ばした。茜はさっと立ち上がり、光秀の手から逃れた。光秀も腰を上げ好色な目で言った。

「白昼、大勢の前では嫌か。無理もない。わたしとて恥ずかしい。ならば、近くに仮屋敷を建てたゆえ……」

「いいえ、致したくございませぬ」

茜は唇を尖《とが》らせた。

「比叡山焼き討ち、まだ、怒っておるのか」

光秀は眉間に皺を刻んだ。

「焼き討ちは絶対に許せませぬ。ですが、わたくしが、本日、十兵衛さまと身体を重ねる気になれないのは、琵琶の海をご覧になって、情欲をかきたてられたからです」

茜は目を伏せた。

光秀は臍《ほぞ》を噛んだ。自分で琵琶の海と言っているように、茜の女陰は緩い。がばがばで、光秀以外、誰もが満足させられないのだ。そのことは茜自身の負い目となっている。自ら琵琶の海と蔑むのに抵抗はないのかもしれないが、他人から指摘されると劣等感にさいなまれるに違いない。

「悪かった」

素直に光秀は頭を下げた。

茜は表情を和ませた。

ほっとして光秀は顔を上げる。鼻先の黒子が期待に疼いた。

「ですが、本日は嫌です」

きっぱりと茜は光秀を拒絶した。黒子がしぼんだ。


その年の暮れ、京都屋敷の書院で没収した延暦寺の荘園について帳面をつけていると、木下藤吉郎秀吉がやって来た。秀吉はいつものようにあけっぴろげな調子で艶笑話を始めた。光秀が和歌を詠んでやった公家の姫は、口説けなかったそうだ。

「身分高い女子は気位も高いですからな、わしも出世せんとあかんですわ。明智殿のように大名にならんと」

秀吉は浅井長政に備えるため、北近江横山《よこやま》城の城代に任じられているが、領地支配は任されていない。新参者の後輩、光秀に出世競争で遅れを取っていた。

「お公家さんの姫さんはひとまず置いて、別嬪探しをしとるんですわ。ほんで、堺《さかい》まで行きましたらな、いやあ、さすがは堺、楼閣に南蛮の女子がおりましたぞ」

興奮気味に秀吉はまくし立て始めた。南蛮の女子は髪が黄金に輝き、

「おその毛も金色でしたわ。わしは、思わず拝みましたぞ。あはははっ」

唾を飛ばし秀吉は光秀の肩を叩いた。馴れ馴れしいその態度にも、抵抗を感じなくなっている。不思議な男である。ひとしきり、南蛮女との情交を身振り手振りで語ってから、秀吉は表情を引き締めて言った。

「武田信玄が公方さまと通じ、信長公に敵対するという噂がありますぞ。明智殿は公方さまの近臣でもあられる。何か耳にしておられぬかな」

武田信玄が足利義昭と通じ、織田信長打倒に動く、と秀吉は言った。茜も義昭の側室千代が武田信玄の女忍びを束ねる望月千代女だと報告していた。

秀吉は信玄の不穏な動きを告げるとさっさと立ち去った。去り際に、堺土産《みやげ》だと桐の小箱を置いていった。書院に一人残された光秀は文机《ふづくえ》の前で考え込んだ。

信玄が上洛の軍を発するとすれば何時《いつ》だ。来年の春か。しかし、春は田植えの時節、武田軍を構成するのは国人領主、彼らは数多の地侍を抱え、地侍は出陣の触れ

が出ると、領有している村の農民を引き連れて参陣する。よって、農繁期は信長と対する程の大軍は集められまい。

となると刈り入れを終えた秋か。

武田勢が動き出す前に、浅井、朝倉を片付けておかねばならない。さもないと、織田勢は東西から挟み撃ちにされる。東西ばかりではない。織田の本拠、美濃岐阜城に近い伊勢長嶋には二万を超える一揆《いっき》勢が拠《よ》っている。信玄西上と聞けば、岐阜城に攻め込むかもしれない。

一揆勢に加え、南近江の六角の残党も活気づき、三好党、大坂本願寺も信長打倒に兵を挙げる。

「なんということだ……」

光秀は両手で頭を抱えた。

信長は滅びる……

信長に近江坂本城主として五万石の大名に引き立てられた。だが、それによって、義昭から遠ざけられるようになった。光秀自身も義昭を信長の傀儡《かいらい》と見なし、義昭から信長に鞍替《くらが》えしつつある。

義昭の近臣として幕府の重職を担ったところで、大きな禄や城は得られない。信長に信頼されれば、この先、一国の主になれるかもしれないのだ。

とは言えそれも……

信長あっての立身だ。肝心の信長が滅んでしまえば、全ては水泡に帰す。元の牢人暮らしに戻るのならまだしも、命も失うかもしれない。今からでも、義昭にすり寄ろうか。それには何か土産がいる……そうだ、没収した延暦寺の荘園のいくつかを、信長に内緒で献上しよう。

文机の上に置いた延暦寺の荘園について記した帳面を広げた。どの荘園がいいだろうかと見ている内に、秀吉の土産に気づいた。

「堺土産……」

桐の小箱の蓋を開けた。細い糸が何本か入っている。甘くかぐわしい香が匂い立つ。香ではなく水に匂いをつけたもの、南蛮の香水に浸してあったのだろう。南蛮渡来の糸なのかと、光秀は指で摘《つ》まんで黒檀《こくたん》の文机に並べた。やや縮れた糸は黒色に映え、金色に輝いた。

そして……糸ではなく毛、女の恥毛だ。秀吉は、南蛮女は髪も陰毛も金色だと言っていた。南蛮女から陰毛を貰ったか買ったのだろう。光秀は陰毛を摘まんで鼻先に近づけた。香水の奥に淫液の匂いを感ずる。

左の手指で摘まんだ陰毛を眺めている内に、光秀は一物がいきり勃ってきた。金色に輝く恥毛は、南蛮美女への情欲をかき立てる。脳裏に金髪女の裸体が妖しく艶めいていた。

右手を股間に持っていく。袴の中に手を入れ、下帯の隙間から男根をしごき始めた。直に息子は元服を迎え、猛々しい武者へと成長する。

気分が高まったところで、

「十兵衛さま」

と、背後から声がかかった。

振り向くと、この世のものとは思えない美童が立っていた。白蜜党の一員、貢である。

慌てて男根を仕舞おうと思ったが遅かった。貢に見つめられながら、光秀は精液を放出した。

貢は愛らしい笑顔で懐紙を差し出した。男汁を始末する内に、きまりが悪くなり、貢から視線をそらす。陰毛を桐の小箱に仕舞い、文机の隅に置いた。衆道の気はないが、貢の美童ぶりにはくらくらとする。

「何か困っておられますか……茜さまが心配しておられます」

光秀は貢に向き直った。小首を傾《かし》げ貢は光秀を見返す。

「合戦をすればする程、信長公の敵は増える」

光秀はため息を吐いた。

「仲良くできないのですか」

貢の無邪気な問いかけに、心が和んだ。

「そうだな、戦などせず、仲良くできればそれが一番だ」

「どうして、仲良くしないで戦を続けるのですか」

「それは……欲、欲だな。より多くの領地や金を得たいとか、高い官位が欲しいとか……それから、美しい女を抱きたい、とまあ、男の欲は果てがない」

貢と語っているとほんわかとしてきた。

「十兵衛さまも美しい女を抱きたいのですか」

「わたしも男だからな……あっ、茜には内緒だぞ」

光秀は右目を瞑《つむ》った。

貢はにっこり笑って、

「茜さまは、お怒りになりません。それどころか、十兵衛さまが大勢の美女と枕を共にするのを望んでおられます」

「ありがたいのう。だが、女子にうつつを抜かすゆとりはない」

「それで、ご自分で慰めていらしたのですか」

あっけらかんと指摘され、光秀は赤面した。

「わたしがお慰めします」

てらいもなく貢は申し出た。

「あいにく、わたしは衆道の気はないのだ」

すまんな、と光秀は丁寧に断ったが、貢は文机の下に潜った。ごそごそと動いたと思うと、断りもなく光秀の袴を脱がしにかかる。

「やめろ」

と、抗《あらが》いながらも尻が浮き、あっと言う間に脱がされてしまった。禁断の道に足を踏み入れようとしている。

ふと、

「武田信玄は衆道に耽溺《たんでき》しておる」

と、思い至った時、下帯もはぎ取られていた。貢は男根を口に含んだ。舌がかかり首にねっとりと絡む。瞬時に膨れ上がり、芯が通ったように硬くなる。津波のような快感が押し寄せた。

「み、貢……」

光秀は貢の口内に精液を放った。

自慰をして間がないというのに、大量の放出だった。心地よい疲労と虚脱感に襲われる。貢は文机の下を抜け出し、ちょこんと座った。前髪が揺れ、あどけなさが残る顔をにっこりとさせたと思うと、鶴のように細い咽喉《のど》がごくりと動いた。

躊躇いもなく貢は男汁を呑み込んでくれた。

下帯を締め、袴を穿《は》いてから光秀は貢の美顔を見やった。

「そなた、茜と共に武田信玄の所へ行ってくれぬか」

信玄は無類の美童好きだ。

貢に籠絡《ろうらく》させようと光秀は思った。

「承知しました」

貢が首肯したところで、改めて役目を申し渡した。

「信玄は衆道に耽溺しておる。信玄に抱かれて欲しいのだ。意にそまぬ相手と枕を共にするのは、気が進まぬかもしれぬが、頼まれてくれ」

後ろめたい気持ちとなった光秀に対して、

「喜んでお引き受けします」

あっけらかんと貢は受け入れた。拍子抜けした光秀に貢は続けた。

「わたしも白蜜党の一員ですよ。十兵衛さまのために、お役に立てれば本望です。信玄のまらをわが尻穴に導き、随喜の涙を流させます」

言葉とは裏腹な、穢《けが》れなき少年の笑顔で貢は話した。ふと、貢とまぐわう信玄に嫉妬の気持ちがこみ上げた。

「信玄に抱かれる前に……十兵衛さま」

妖しい笑みを貢は送ってくる。

「あ、いや、それはよい」

執務の最中に情交に及ぶのはまずい。ならば、口淫ならよいのかと責められれば言い訳はできないのだが……

「よいではありませんか」

貢は十兵衛の側に座った。甘い香が鼻孔に忍び寄り、鼻先の黒子が疼いた。

「いや、わしはな、その……自分で申すのも何だが、一物は大きい。そなたの肛門を傷つけては気の毒だ。痔《じ》になったら、苦しむぞ」

光秀は恐れている。

衆道にどっぷり浸《つ》かるのは、躊躇いがあるのだ。男色を覚えると抜けられないと聞く。女との交わりでは得られない快感に酔いしれてしまうのだとか。

貢に口淫を許したが、断崖絶壁で踏みとどまっている、と、自分に言い訳した。

生唾をごくりと呑み込み、わが息子に大人しくしておれと内心で命じたところで貢が言った。

「ご心配には及びません。十兵衛さまの御珍宝は口で確かめました」

貢に悪気はないのだろうが、一物を馬鹿にされたようで、複雑な気持ちになった。茜相手だと、巨根を誇るのだが、茜以外ならばわが男根は、ごく普通の、いや、標準に達しないのかもしれない。

「ならばまぐわうかと言いたいが、執務を済ませねばならぬ」

いかめしい顔で光秀が断ると、

「時は要しませぬ」

貢は光秀の股間を手で撫でさすった。

貢のしなやかな指が光秀の股間をまさぐる。二度も放ったというのに、男根は息づき始めた。ふぐりに男汁は空っぽのはずだ。貢の顔が近づいてくる。前髪が光秀の頬に当たる。小さくて柔らかそうな唇が半開きとなり、熱い吐息が漏れた。

「いかん……」

禁断の道に足を踏み入れてしまう。

甘い白蜜の誘惑を逃れんと、身をよじらせた。すると、貢は男根の竿を強く握った。

「ううっ」

思わず光秀は呻《うめ》き声を漏らした。貢の前髪が鼻先の黒子に触れた。黒子が蠢き、貢の手の中で息子が大暴れを始める。

「立派ですね」

貢は耳元で囁いた。

「や、やめ……」

苦しげな声で光秀は訴えかける。

「ええっ……やめ……るな、でございますか」

小鳥の囀《さえず》りのような声音で語りかけると、貢は光秀の耳たぶを噛んだ。

「ああっ」

歯がゆい気持ち良さが脳天に響く。光秀の苦悶《くもん》を楽しむかのように、貢は笑みを深めると耳たぶから口を離し、舌を耳穴に入れてきた。

「う、うおう！」

光秀は雄叫びを上げた。袴を貫かんばかりに男根が勃起した。貢は座ったままの光秀に跨った。両手を光秀の首に回し、対面座位の体勢となる。貢は光秀の顔を覗き込みながら、尻で勃起物をこすり始めた。割れ目が竿に沿って上下に動く。

このままでは放ってしまう。

いや、放った方がよいか。この期に及んでも、貢の禁断の穴で果てるのは憚《はばか》られる。肛門に入れていないのだから、衆道に足を、いや、男根を踏み入れる一歩手前で留まったと、言い訳ができるのではないか。

逝くぞ、と、自らも腰を動かそうとした。

と、貢は動きを止めた。

思惑が外れ、不満の目で見返すと、やおら、口吸いをしてきた。粘り気のある唾液が光秀の口内に注がれる。舌と舌が交わり、お互いの吐息が漏れ出た。

貢は口吸いを続けながら、光秀の手を取り、自分の股間へと誘った。固いものに触れた。

まごうかたなき、貢の肉棒だ。

硬い……

張形のようだ。男色家はお互いの肛門を男根で刺し貫くことがある。貢の尻穴に一物を挿入することのみを考えていたが、己が肛門を刺し貫かれもするのだ。

光秀は怖気《おじけ》づき、貢の陽物《ようぶつ》から手を引いた。こんな物を肛門に入れられてはたまらない。痔を患うのは必定、座するのも、馬に跨ることもできなくなる。

貢は口を離した。

唾が細い糸のように引かれた。

「勘弁してくれ」

顔を歪ませ、光秀は懇願した。

貢は聞く耳を持たず、再び腰を上下に動かし始めた。このまま逝こう。禁穴に入れられる前に……

奥歯を嚙み締め、光秀は下半身に神経を集中させた。玉がせり上がり、下腹部に快感が押し寄せる。

「おおっ」

「うお〜っ」

またしても、野獣のような雄叫びと共に、光秀は男汁を放出した。が、今度は下帯の中である。仕方ない。下帯は自分で洗濯しようと、萎えゆく男根に心中で語りかけた。

貢は腰を上げ、部屋の隅で控えた。

すまし顔で正座する貢に頼もしさを感じた。ほんの少し触れただけだが、貢の肉棒は張形のように硬かった。あの男根に刺し貫かれたなら、信玄とて身も世もなく泣き叫ぶだろう。もっとも、その先に得も言われぬ快感が待ち受けているのかもしれないが。

明くる元亀三年（1572）の九月、織田勢は浅井長政の本拠、小谷城《おだに》を囲んだ。越前から朝倉勢が加勢に駆けつけ、小谷城近くの大獄山に陣取った。信長は浅井、朝倉に決戦を呼びかけたが、両軍は籠城したまま動かない。畿内や近国に様々な敵を抱える信長は、浅井、朝倉にかかり切りにはなれない。

浅井、朝倉が合戦を避けるのなら、和睦しようと信長は考えた。和睦の労は将軍足利義昭にとってもらうべく、光秀が将軍御所に派遣された。

侍烏帽子を被り、素襖に威儀を正して御所の書院で細川藤孝と面談に及ぶ。光秀は織田勢の苦境を語り、

「上さまに浅井、朝倉との和睦を仲介してくださるよう、藤孝殿からお願いしてくだされ」

藤孝に向かって頭を下げた。藤孝は眉間に皺を刻んで語った。

「上さまも信長公の窮地は、よくおわかりになっておられます。今回、十兵衛殿から和睦仲介の申し出がある前、拙者からも上さまにお願いしたのです」

ところが義昭は拒絶したそうだ。

二年前、織田勢は比叡山に籠った浅井、朝倉勢と対峙した。この時も、大坂本願寺、三好党などが蜂起《ほうき》し、信長は苦境に立たされた。時局打開のため、信長は天皇と義昭に浅井、朝倉との和睦の仲介を依頼し、受け入れられた。

「二年前、上さまは和睦の労をお取りくださったではありませぬか」

抗議めいた口調で問いかけながらも、光秀は義昭が拒絶する理由がわかっていた。

武田信玄が満を持して上洛の軍を起こすのだろう。

果たして、

「上さまの要請を受け、信玄が信長公打倒の兵を挙げるのです」

予想通りとはいえ、藤孝の口から聞いてみると、恐れていた事態が現実として押し寄せ、光秀は胸が苦しくなった。東から武田勢が迫ってくれば、浅井、朝倉勢は勢いをつけて、織田勢を挟み撃ちにする。

信長、危うしとなれば、伊勢長嶋の一向一揆、大坂本願寺、三好党、六角の残党が動きを活発にする。ひょっとしたら、唯一の同盟者、徳川家康も裏切るかもしれない。

「十兵衛殿、ここは思案のしどころですぞ」

藤孝は思わせぶりに言った。

「十兵衛殿、信長公は滅びますぞ」

藤孝は真剣な眼差しで語りかけてきた。

「この苦境を脱するには、浅井、朝倉との和睦しかありません。和睦がなれば、兵を本拠である岐阜に戻し、領国の守備を固め、武田勢に備えることができます。藤孝殿、どうか上さまに今一度お願いしてくだされ」

危機意識から、早口となって光秀は捲《まく》し立てた。

首を左右に振り藤孝は答えた。

「上さまは信長公が滅ぶこと、望んでおられます」

「信長公に代わって、信玄に後ろ盾になってもらいたいのですな」

「信玄は、将軍を敬い、政を手助けしてくれると、お考えなのです」

「ずいぶんと信玄を信頼なさっておられるのですな」

千代の影響に違いない。信玄の女忍びを束ねる千代は、信玄から上洛の準備が整ったと知らされ、義昭に信長を見限るよう吹き込んだのだ。寝屋で、選《え》りすぐりの側室に夜伽《よとぎ》をさせながら、信玄の忠節と信長の傲慢を語り続けたに違いない。

義昭は、千代と女たちの性技によって洗脳された。

「上さまは一日も早く、風林火山の旗が都に翻るのを夢見ておられます。十兵衛殿も織田家を去ってはいかがか」

光秀の身を藤孝は心配した。

「できませぬ。坂本の城も領地も信長公から頂いたのですからな」

と、答えつつも、没収した延暦寺の荘園を手土産に義昭に寝返ろうかと算段した。

「頃合いを見て、拙者から上さまに取り成しましょう。上さまとて、十兵衛殿を高く買っておられるのです。何しろ、御珍宝が役立つよう治療してくだされたのですからな」

光秀の緊張を解すためか、藤孝は艶笑話を持ち出した。還俗するまで女を知らなかった義昭は、いざという時に勃起不全になった。勃起不全を治し、自信を持たせたのは光秀の依頼を受けた白蜜党であった。

あれから六年の歳月が流れた。

月日が経《た》つのは早い、などと感慨に浸っている場合ではない。とにかく、生き残りの術《すべ》を考えねば。貢に信玄を籠絡させようと考えていたが、最早、籠絡する時はない。風林火山の旗を止めるには、信玄の命を奪うしかない。

「せめて、上さまにご挨拶をしたいのですが」

光秀が頼むと藤孝は困った顔をして言った。

「上さまは寝間におられます」

病ではないだろう。日輪が頭上にあるというのに盛んなことだ。征夷大将軍ならぬ、性意大将軍だ。

「上さまをお諫《いさ》めする近臣方は、おられぬのですか」

不満そうに問うと、

「上さまより、側女《そばめ》の下げ渡しがあるのです。千代殿が選んだだけあって、美しいばかりか性技にも長けておるため、みな、鼻の下を伸ばして、次は自分の順番かと待ち構えております」

「側女の下げ渡しですか。しかも、その女性はいずれも見目麗しく、床上手となれば、不平不満の声は上がりませぬな。それで、藤孝殿は……」

光秀に問われ、藤孝は大きく手を左右に振った。

「御所は千代殿が動かしておりますぞ」

という藤孝の言葉を胸に、光秀は京都屋敷に戻った。

茜のために建てた持仏堂に入る。

尼僧姿で茜が大黒像に向かって両手を合わせ、読経していた。光秀に気づくと、読経を終え、こちらに向き直った。

光秀の表情を読み取り、茜は言った。

「何なりとお申しつけください」

「ならば、頼む。武田信玄の命を奪って欲しい」

「お任せください」

あっさりと茜は請け合った。あまりにも簡単に受け入れたため、不安に駆られてしまう。光秀の憂慮を察したようで茜は言い添えた。

「いずれ、信玄を殺せと命じられると思っておりました」

「いかに信玄を殺すか、算段しておったのだな。信玄は警護厳重にして、影武者がおるそうだ。その影武者たるや、武田の重臣どもも本物と見分けられぬとか」

光秀の懸念に茜は動ずることなく、

「本物と影武者、いくら瓜《うり》二つでも、御珍宝まではそっくりではないはず」

「それはそうだ」

納得し、光秀は両手を打ち鳴らした。

次いで、

「信玄は男色家、美童に入れあげておるそうだ。ならば、貢を連れてゆくのがよいと思うが」

「貢も連れてゆきます。おそらく、信玄の周囲は望月千代女の女忍びが守っております。戦覚悟でまいります」

茜は並々ならぬ決意を示した。

そうだ、信玄暗殺は千代との戦いになるのだ。女の意地を懸け、性技の限りを尽くした合戦になろう。考えただけでも、鼻先の黒子が疼く。

「信玄はいつ甲府を発つのでしょう」

茜の問いかけに、

「領内の刈り入れが終わった頃、そう、来月にも軍勢を催すだろう」

「甲斐から信濃を経て美濃へと軍勢を進めてくるのでしょうか」

「遠江《とおとうみ》の徳川領にも侵攻するかもしれんな」

「信玄の本陣を探り当てねばなりません」

茜は目を凝らした。

確実に信玄を仕留めるという気概に溢れている。頼もしい限りだと光秀は感心した。

「茜、万が一、仕損じても無事に戻って来てくれ」

心底から光秀は頼んだ。

「ありがたきお言葉でございます」

茜は目を潤ませた。

「義昭公になびこうかと迷ったが、やはり、わたしは信長公に賭ける。今回の窮地を凌いだなら、信長公の運勢は大きく開ける。天下人も夢ではない。わたしは、天下人の重臣として立身する。茜、信長公が天下人となれるよう、淫業の限りを尽くしてくれ」

「わたくしは十兵衛さまのために、同衾術を駆使致します」

四

同年十月、武田信玄は二万五千の軍勢を率いて甲斐を出陣した。風林火山の旗印の下、怒濤の勢いで進軍をする。武田勢は木曾《きそ》から東美濃に侵攻した別動隊と遠江に攻め込んだ本軍に分かれた。本軍は信玄が率い、徳川の城を次々と落としていった。

光秀は将軍御所に出仕し、義昭の動きを確かめるべく、書院で細川藤孝と面談した。

「武田が動き出し、上さまはお喜びでしょうな」

光秀が問いかけると、

「既に事は成ったも同じと思われておりますぞ」

藤孝は小さくため息を吐いた。事が成就とは、信長討伐を意味するのは聞くまでもない。

「上さまへの拝謁は叶いませぬか」

期待せずに頼んでみたのだが、

「お会いになると存じますぞ。ご機嫌麗しくあられますからな」

藤孝の見通しは当たり、光秀は大広間で義昭の引見を受けた。

「久しいのう」

上段の間から、義昭はにこやかに声をかけてきた。

「上さまもお健《すこ》やかにあられ、何よりと存じます」

型通りの挨拶を光秀は返してから続けた。

「武田勢の西上、上さまの御要請でございますか」

「そうじゃ」

隠さないところが、義昭の自信を感じさせる。

「信長公に敵対なさるのですか」

義昭は苦笑を漏らして言った。

「余は将軍じゃ。将軍の意に従わぬ大名を討伐するのは当然ぞ」

「将軍に就けてくださったのは、信長公ですぞ」

情に訴えても無駄とわかりつつも、言わずにはいられない。

「信長は余を将軍の座に就け、傀儡としたのじゃ。余はな、名ばかりの将軍にはなりとうない。わが手で政を行う。天下に静謐《せいひつ》をもたらすのじゃ」

政に無関心だった義昭が将軍の使命に燃えている。千代の影響であろう。

義昭は光秀を見つめ、

「越前でそなたに会い、運が開けた。役に立たなかった余の倅を猛々しき武者にしてくれた」

義昭の勃起不全を白蜜党に治療させ、光秀の運勢も上がった。

「信長は滅ぶ。光秀、信長に忠節を尽くすこともあるまい。今なら、余が幕府の重臣に取り立ててやるぞ」

幕府の重臣といっても、所領は知れている。信長が苦境を脱すれば、勢力は強大となり、一国を有する大名になれるかもしれないのだ。

そして、きっと信長は危機を跳ね返す。

なんとなれば、茜たち白蜜党が反信長連合の要、武田信玄を討ち取ってくれるからだ。

「お断り致します」

毅然《きぜん》と光秀は答えた。

義昭はぽかんとしていたが、

「好きにせい！」

憮然《ぶぜん》として座を掃った。これで後戻りはできない。信長と運命を共にするしかない。

京都屋敷に戻ると持仏堂に入った。

茜が床に臥していた。患い、動けないとか。光秀の脳裏に暗雲が立ち込めた。

三方ヶ原《みかたがはら》の合戦で織田、徳川勢を鎧袖一触《がいしゅういっしょく》の下に撃破した武田勢は、三河《みかわ》に侵攻した。最早、武田勢を止められるものはいない。

信長の滅亡は自身の滅びでもある光秀は、一縷《いちる》の望みを茜と白蜜党に託した。病に臥していた茜であったが、ようやくのこと平癒し、白蜜党と共に、三河野田《のだ》城までやって来た。年が明けた元亀四年の正月である。武田の大軍が徳川方の野田城を包囲している。

茜は武田の侍大将の内、高坂弾正《こうさかだんじょう》に目をつけ、陣の近くに潜んだ。

夜になり、武田の陣に遊女たちの姿が見受けられた。勝利を重ねている武田勢は士気が高く、宴が盛り上がっている。いずれの陣でも女たちと騒いだり、博打《ばくち》に興じたり、と賑やかだ。

武田の陣は稼げる、と遊女たちの間では評判がいい。武田は乱捕りといって、兵たちが戦場近くの村々に行き、金品を奪ったり、女を犯したりする行為を許している。雑兵たちは乱捕りを楽しみに軍勢に加わっているのだ。

勝利を重ね、戦陣が長引けば乱捕りの機会も増え、雑兵たちの懐は温かくなっている。加えて武田には甲州金がある。戦場で目覚ましい働きをすれば、褒美として小粒金が与えられるのだ。野田城を包囲する武田の陣は遊女たちにとっては稼ぎ場である。遊女たちの戦場であった。

雑兵たちが浮かれ騒いでいると、陣太鼓と法螺貝《ほらがい》の音が夜空を震わせた。

「夜討ちじゃ！」

武田の雑兵たちから悲鳴が上がる。陣が乱れ、遊女たちも悲鳴を上げた。野田城を守る菅沼定盈《すがぬまさだみつ》は戦上手で知られている。武田勢の気が緩んでいると見て、夜襲をかけてきたのだ。

裸体で遊女と同衾していた雑兵たちが慌てて身体を離す。危機が迫る中、気丈なのか商売熱心なのか、

「お金！」

と、金を要求するしっかり者の遊女もいた。それどころではないと無視する雑兵から小粒金をむしり取る気丈な者もいた。

雑兵たちは具足を身に着けるゆとりもなく、素っ裸のまま鑓を手に戦う、いや、逃げ出す者が続出した。対して肝の据わった遊女は雑兵たちの刀や鎧、兜、鉄砲、そして小粒金を奪い去る。

「弾正さまをお守りせよ」

という声が飛び交うが聞く耳を持つ者はおらず、我先に逃げてゆく。瞬く間に弾正の陣小屋を守る者がいなくなってしまった。

弾正は陣小屋の外に出た。

菅沼勢の雑兵たちが迫る。

「抜かったわ」

弾正は歯ぎしりした。彼自身具足を身に着ける余裕もなく、鎧直垂《よろいひたたれ》のまま、腰に

一振りの太刀を帯びるばかりだ。

敵が鑓を手に弾正を囲んだ。十数人はいる。大将首を前にぎらぎらと殺気立っている。

と、猛然とした雪と風が吹き込んできた。

突如とした降雪に、菅沼の雑兵たちはたじろいだ。横殴りの風雪が彼らを包み込む。しかし、何故か高坂弾正にはひとひらの雪とて降りこめない。

そもそも、弾正の目には雑兵たちが何かにひるんでいるようにしか見えない。身を仰け反らせ、膝から崩れてゆく様に奇異な視線を注ぐばかりだ。

雑兵たちは猛吹雪に見舞われ、立ち往生し、山でもないのに遭難の危機に瀕《ひん》した。

「夕暮れまで晴れておったではないか」

「三河でこんなに吹雪くのか」

などと不平を漏らすのがやっとである。

すると、小さな光が点滅した。

「なんじゃあれは」

驚きの声が上がり、点滅が蛍の光だとわかった。時節外れの蛍に心が和むどころか、彼らは戦慄を覚えた。

「武田は妖術を使うのか」

という疑問が発せられた時、ふわりとした温かい風が吹いた。それでも、雪は降り止まない。深い疑念と恐怖で一杯の雑兵たちの前に、白小袖を身に着けた女が現れた。

白蜜党の吹雪である。

蛍は吹雪の頭に止まった。黒髪の蛍の光が妖しく瞬く。吹雪は雑兵たちに慈愛に満ちた微笑みを投げかけた。寒さに凍えながらも雑兵たちの顔は和らいだ。

「さあ、みな、母の下に帰るのです。母の温《ぬく》もりに迎えられるがよい」

吹雪は雑兵たちを抱き迎えるように、両手を一杯に広げた。

「おっかあ、おら、帰りてえ」

「おっかあ、ほうとうが食いてえ」

いい歳《とし》をした雑兵たちが幼子のようにだだをこねる。

「母の温もりを感じなさい。もっともっと、母に甘えるのです」

吹雪は小袖の前をはだけた。

たわわな乳房がぶるんと弾み出る。大きな乳輪に葡萄《ぶどう》のような乳首が尖っていた。

「母のお乳を味わうのです。生まれたままの姿に戻りなさい」

両の乳房を揉みしだきながら吹雪は声をかける。雪と風にさらされながらも、雑兵たちは競って具足を脱ぎ、下帯も取り払って、生まれたままの姿になった。

「口を開けなさい」

吹雪の命令に、雑兵たちは大きく口を開ける。中にはよだれを垂らす者もいた。

「飲みなさい」

吹雪は力を込めて乳房を揉みしだいた。乳首から白い液が飛ぶ。粘り気を帯びた乳液は雪に比べても純なる白さを主張している。

乳汁は雪空高く飛び、やがて彼らの頭上で花火のように咲いた後、散り散りとなった。次いで、各々の口へと落ちてゆく。雑兵たちは乳を求める赤子のように乳汁をしゃぶり飲んだ。

弾正には、眼前の光景が怪異としか見えない。殺気立った雑兵たちが、突如として苦しみ悶《もだ》えた挙句に全裸となって、乳飲み子のように目に見えない物をしゃぶっているのだ。

弾正は一人、取り残された気分になった。

「もっと飲みなさい」

吹雪は更に乳汁を搾り出した。雑兵たちは乳を味わいながらも風雪の中に全裸とあっては、身がもつはずはない。乳を飲み終えた者から地べたに倒れてゆく。そして、赤子のようにすやすやと永久《とわ》の眠りについた。

吹雪は剝《む》き出しの乳房を小袖に仕舞うと、子守り歌を歌い始めた。温かみたっぷりの情愛の声音を聞き、眠りについていない者までが残らず両目を閉じた。

吹雪の髪から蛍が飛び、雑兵の頭上を舞い、二度と目覚めぬ彼らを供養するかのように光の点滅を繰り返した。

やがて、蛍は何処《いずこ》へともなく飛び去った。

蛍だけが弾正の目にも映った。

時節外れの蛍といい、突如として全裸になった敵といい、この世のものとも思えない光景だった。弾正は素っ裸の敵を検分した。みな、息をしていない。身体に触るとかちかちに凍っていた。

啞然《あぜん》と立ち尽くす弾正に、

「あの、もし……」

と、声がかかり尼僧がやって来た。

茜である。

「比丘尼殿か、わしの首を狙った敵であるが、供養をしてやってくれ」

弾正の頼みにうなずきながらも、

「この寒さのみぎりに、このような姿……」

茜は疑問を投げかけた。

「物の怪に惑わされたとしか思えぬ」

首を捻り弾正は答えた。茜は合掌し読経し始めた。そこへ、美童が近づいてくる。

「茜さま、宿を探してまいったのですが、あいにくと……」

貢は困りましたとため息を吐いた。

武田勢の乱捕りにより、周辺の村々は警戒して、旅の者に宿を貸さないのだとか。

読経を終えた茜は、

「仕方ありませぬ。何処かお寺の床下で……」

寒さを凌ぎましょうと言い添えた。

貢が承知しましたと答えると、

「わが陣小屋に泊まるがよい。戦陣ゆえ、大したもてなしはできぬが」

申し出た弾正の声は上ずり、視線は貢に釘《くぎ》づけになっている。聞いたことがある。高坂弾正は若かりし頃、信玄の寵童であった、と。農民から侍大将にまで取り立てられたのは、弾正の才覚に加えて、信玄と身体の相性が良かったに違いない。

弾正自身も美童を愛でるのだ。貢を連れて来て正解だ。

そこへ、伝令がやって来た。

「菅沼勢、城に退いてござります」

菅沼勢は武田勢の反撃に遭い、野田城に退き上げた。野田城の守備兵は二千余り、二万を超える武田包囲軍には多勢に無勢だ。不意討ちで一時の混乱は引き起こせたものの、武田の態勢が整えば、反撃されるのは必定だった。

敵勢退散というゆとりからか、

「戦は落ち着いた。泊まるがよい。酒くらいは振舞うぞ」

弾正は表情を緩め、視線を貢から茜に移した。

「お言葉に甘えます」

茜はほくそ笑んだ。

茜と貢は高坂弾正の陣小屋に入った。戦場に急ごしらえに建てられたゆえ、さして広くはなく、装飾の類もないが、軍議を催す広間と弾正の寝間、居間、警護の侍が潜む武者隠しが備えられている。

弾正は近臣を遠ざけ、茜と貢を居間へと案内し、酒と食膳を用意させた。酒と膳が運ばれると、貢は瓶子《へいし》を両手で持って弾正に酌をする。

「すまぬな」

弾正は杯を差し出す。貢は息がかかるような近さで酒を注《つ》いだ。弾正の右脇に貼りつくように座し、首を斜めに傾げて弾正を見上げる。弾正は貢から視線を外し、ぐいっと杯を傾けた。

「武田さまはまことお強うございますね」

茜が感嘆のため息を漏らした。

「武田の者は、侍大将から雑兵に至るまで御屋形《おやかた》さまの下、心一つに戦っておる」

「名将とは信玄公を申すのでございますね」

茜の追従に弾正が微笑んだところで、

「お流れを頂戴しとうございます」

貢が申し出た。

「おお、そうであったな」

弾正は貢に酒を注いだ。

と、茜は顔を曇らせ、

「織田さまの配下には、信玄公を臆病者呼ばわりする者もおります。自分の身を守るため、影武者を用意しておられると」

やおら、弾正の目が険しくなった。茜に向き、怒りを露わにしたところで、貢が弾正の膝に手を置いた。弾正は貢を見た。貢は腰を浮かし、弾正に接吻した。尖っていた両目が戸惑いに揺れる。貢は口移しに酒を弾正に飲ませた。

次いで口を離すと、

「ご返杯です」

と、にっこり微笑む。

弾正は目をしばたたいた。

「影武者、重臣方にも見分けがつかぬとか」

茜が影武者の話を蒸し返したが、気もそぞろになった弾正は貢を見ている。貢は雉《きじ》の焼き物を咀嚼《そしゃく》し、またも口移しで弾正に食べさせた。弾正は蕩けるような顔でむさぼり食べる。

「高坂さまは見分けがつくのですか」

貢に問われると、わしにはわかると弾正は自信たっぷりに答えた。茜が貢に目配《めくば》せをする。不意に貢は弾正の股間を摑んだ。逃れようとする弾正の背中に茜が回り込む。貢は弾正の珍宝を撫でる。鎧直垂の上からでも勃起がわかった。

「これでおわかりになるのでしょう」

男根を握り、貢は微笑む。弾正はうなずいた。

「大きさが違うのですか」

茜が問いかけた。弾正は首を左右に振り、影武者の男根は大きさばかりか形も一緒だと言った。

「それでも、わしにはわかるのだ。本物の御屋形さまのまら首にはな、豆粒程の突起物がある。見た目にはわからぬのだがな」

肛門に挿入された時にわかるのだろう。

「その肉棒で突かれると……」

弾正はうっとりとなった。かり首の突起が前立腺を刺激するようだ。

「そんなにも愉楽を味わえるのですか」

茜が聞く。

「それはもうな……」

忘我の顔で弾正は答えた。

「近頃は味わったのですか」

茜は問いかけを重ねる。

「戦ゆえな、このところはない」

弾正は寂し気に答えた。貢は弾正の男根を握った。鎧直垂の上からでも脈うつのがわかる。

「信玄公のお心が他の者に移ったのではありませんか」

意地悪な問いかけを貢はした。

「そんなこと、あるものか」

むきになって弾正は言い返す。それでも不足と思ったのか、

「わしはな、御屋形さまから恋文を何通も貰っておるのじゃ」

「近々はいつでござりますか……」

茜が問い直す。

弾正は口を半開きにした。

「久しくないのでござりましょう。ならば、高坂さまから恋文を送られませ。わたくしと貢で持参致します」

「そ、そうか」

欲情を高ぶらせた弾正はその気になった。が、ふと不安そうな顔となり、一物を握る貢を見やる。信玄の目に貢が止まるのを恐れているようだ。それを察した茜が言った。

「信玄公と高坂さま、それに貢を交えて楽しまれたらいかがですか。よろしかったら、わたくしもお仲間に加えて頂きたいのですが」

艶然とした目で茜は頼んだ。

弾正の目元が緩む。

「そ、そうだな、そうであるな」

文を書くことを受け入れた。貢が弾正の男根から手を離した。ならば、早速と弾正はいそいそと文机に向かった。

茜と貢は陣小屋を出た。

夜空を煌々《こうこう》とした月が輝いている。茜は月に向かって、

「湊やあ」

と、右手を上げて呼ばわった。

暗がりにチュウ、チュウ、と鼠《ねずみ》が泣いた。鼠は茜と貢の前にやって来ると、立ち上がった。次いで見る見る大きくなってゆき、やがて、女と化した。

「湊、出番ですよ」

茜が言う。

「殿方の御珍宝を味わえるのですね」

期待に目を輝かせ、湊は承知した。

「味わい尽くし、本物を見極めてくりゃれ」

茜は本物の信玄は、かり首に豆粒大の突起物があるのだと説明し、影武者の中から本物を見極めてくれと依頼した。

「楽しみでございます」

湊はぺろっと舌を出した。長い舌は顎にまで達する。

「その後は、貢、頼みますよ」

茜の期待に貢は任せてくだされと請け合った。

「武田信玄を必ずや討ち取りますよ」

茜は目に決意の炎を立ち昇らせた。

夜更けとなり、茜と貢、それに湊は武田信玄が本陣を構える禅寺へやって来た。高坂弾正は酒に酔い潰れ、置き去りにしてきた。

寺は森閑とした闇の中にある。

それでも周囲を警固の侍が固めていた。茜が番士に弾正から信玄への文を持参したと告げた。尼僧と美剣士、得体の知れない女という三人に、番士は目を凝らした。

茜は貢と湊を連れ、境内を横切ると庫裏《くり》に入った。警固の武士の案内で廊下を奥に進む。濡れ縁に出ると右に折れ、枯山水の庭に面した座敷に至った。閉じられた障子の前にも武士が二人、警固に当たっている。

二人の内の一人が障子を開けた。

貢は背中の太刀を侍に預ける。三人は中に入った。柿色に武田菱《びし》が描かれた素襖を身に着けた男が座している。坊主頭、太い眉、精気に満ち溢れた双眸、鼻の下には八文字髭を蓄えていた。

信玄か、はたまた影武者であろうか。

「弾正の文を持参したとか」

男は問いかけてきた。腹に響くような野太い声だ。

「弾正さまからは、くれぐれも本物の御屋形さまにお渡しするよう申しつかっております」

茜は断りを入れた。

「わしは、まごうかたなき信玄じゃ」

男は右手を差し出し、文を要求した。

座敷に入った時から、茜は信玄の視線に目を光らせていた。信玄は茜ばかり見て、貢と湊に視線を向けていない。湊に興味をひかれないのはともかく、美童の貢に目もくれないのはおかしい。

影武者に違いない。

「お戯れはおよしください」

茜は笑った。

影武者はむっとし、

「無礼者、わしは正真正銘の信玄じゃ」

「では、確かめさせてください」

「うむ、何なりと確かめよ」

影武者は胸を反らした。では、お脱ぎになってと茜は腰を上げる。影武者も立たせ、湊と貢、茜の三人で影武者をあっと言う間に全裸にした。なるほど、立派な一物である。

いきなり、湊が口に含んだ。

戸惑いの目をした影武者であったが、

「苦しゅうない。我が息子を愛《め》でよ」

威厳を保つように湊を見下ろした。湊はねっとり、じっとりとまら首に長い舌を絡ませる。舌は蛇のようにかり首に巻きつく。影武者の目尻が下がった。

口淫を続けながら湊は首を左右に振った。

豆粒大の突起がない、と湊は報《しら》せてきた。やはり、影武者であった。茜は愉悦にむせぶ影武者の横を通り過ぎ、奥座敷と隔てている襖を開けた。

ずらりと五人の坊主が座っていた。

みな、そっくりだ。この中に本物の信玄がいるのだろう。背後から影武者の達した声が聞こえた。五人が一斉に立ち上がった。すかさず茜は数珠を取り出し、

「アノクタラサンミャクサンボダイ……」

という言葉を呪文のように繰り返す。

五人の目がうつろとなり、自ら全裸となった。湊が五人の男根を口に含んでゆく。今度はねっとりではなく、迅速果敢な舌技を駆使した。一口で勃起させ、首を一度前後に動かしただけで、発射へと導いてゆく。

これを四人に行った後、湊は五人目には雁首に舌を絡ませただけで首肯し、口を離した。

本物の信玄が判明し、茜は高坂弾正から預かった文を手渡した。全裸のまま文を読むと信玄は、貢に好色な目を向けてきた。そこへ、異変に気づいた警固の侍たちが鑓を手に入って来た。穂先を茜と貢、湊に向ける。

信玄は貢の腕を掴み引っ張った。貢はよろめき信玄の胸に倒れ込む。

「他の者は去れ、茜とやら、弾正に伝えよ。先に味見をする、とな」

信玄は茜と湊を残し、貢の手を引いて隣の寝間へと入った。

入るや貢はしとねに引きずり倒された。

既に信玄の肉棒は天を貫かんばかりに勃起している。貢が見構える前に、信玄は血走った目で貢に覆い被さってきた。素早く貢は信玄の股間に潜り込む。

猛り立つ一物を口に含んだ。口の中で男根が暴れる。先走り汁がじんわりと広がり、咽喉にまらの先端が当たった。

信玄は雄叫びを上げ、腰を律動させた。貢は口を離し、股間から抜け出ると小袖を脱いだ。胸にはさらしが巻いてある。

「信玄さまのお尻が欲しい」

甘え声で貢が頼むと、信玄は満面に笑みを広げ両手と膝をつき、尻を突き出した。

貢は信玄の尻をぺんぺんと叩いた。

「あぁっ」

信玄の口から快楽の声が溢れる。

貢は袴を脱いだ。下帯が富士山のように盛り上がっていた。

「早う……早う、くれ～」

信玄は尻を振り立てた。

「焦りは禁物ですよ。動かざること山の如し、少しお待ちください」

貢は信玄の禁穴を指で突いた。

「ふお～っ、た、頼む。侵略すること火の如く。火のように攻め立ててくれ！」

しとねに顔を押し付け、信玄は叫び立てた。

貢はニタリとし、下帯を取り払った。

怒張した男根……ではなく張型が現れた。

「疾《はや》きこと風の如く、行くわよ！」

貢は張型の先端に手をかけ、抜き放った。

油皿から立ち上る炎に刀身が鈍く煌めいた。貢は両手で信玄の腰を抱え、素早く刀身の切っ先を信玄の肛門に突き刺した。

「あっぎゃあ～」

断末魔の悲鳴と共に血が飛び散る。悲鳴が消えると共に信玄はぐったりとなった。

貢は腰紐《ひも》で縛った張型を取り去った。無毛の陰部が露呈する。次いで、立ち上がると血に染まったさらしも脱いだ。小さいが形の良い乳房が露わになった。

　素早く着物を身に着け、寝間から濡れ縁に出た。茜と湊が待っていた。侍たちが貢を見て下卑た笑みを浮かべた。断末魔の悲鳴を信玄の愉悦の声と思っているようだ。

「御屋形さまはお休みになりました。静かなること林の如く、寝入っておられます」

　貢は侍に言った。

　三人は禅寺を出た。茜は貢の労をねぎらいつつ疑問を抱いた。望月千代女と女忍びはどうしたのだろう。武田信玄、こうも易々《やすやす》と討たれてしまったとは……

第三章　絶倫坊主

一

元亀四年（1573）三月、京の都は満開の桜に彩られている。華やいだ春日の昼下がり、明智光秀の京都屋敷に茜が戻って来た。茜を光秀は持仏堂で迎える。

「でかした。よく、やってくれた。いくら感謝しても足りぬ。信長公から褒美を頂戴するぞ」

光秀は茜の手を握り、信玄暗殺の礼を述べ立てた。笑顔を弾《はじ》けさせる光秀に対して、茜は浮かない表情だ。それに気づき光秀は問いかけた。

「疲れておるのか」

「疲れは残っておりませぬ」

「ならば、いかがした」

「気のせいかもしれませぬが、うまく行き過ぎのような……」

　茜は言葉を止めた。

　格子の隙間から差し込む春光が、御高祖頭巾《おこそずきん》を白く輝かせているのに対し、茜の顔は曇っている。それを見ていると、光秀も不安になってきた。

「殺したのは信玄本人ではなく、影武者だと疑っておるのか」

「いえ、そうは思いませぬ。間違いなく本物の信玄を仕留めました」

　茜は自信たっぷりに答えた。光秀は苦笑を漏らして語りかけた。

「ならば、大手柄ではないか。武田勢は甲斐へ引き上げるだろう。東からの脅威は去った。信玄が死んだと知れば、浅井、朝倉、大坂本願寺、三好党、六角、そして将軍家の勢いは衰える。信長公は窮地を脱するどころか、それら敵対勢力を一掃なさる」

「信長公の運勢は大いに上がるでしょうが、信玄暗殺は容易過ぎたのが解せませぬ」

茜は疑問を繰り返した。

「三方ヶ原で織田、徳川勢を蹴散らし、意気軒高となって信玄は油断しておったのだ」

「あまりに手抜かりでござります。望月千代女の女忍びもおりませんでした。信玄の身辺を警固すべき千代がいなかったのです」

「都の将軍御所を離れられなかったのだろう」

事もなげに光秀は返した。

「望月党は信玄の忍び、信玄を守るのが第一の役目です」

茜が疑念を深めると光秀も考え込んだ。

「信玄から義昭公をお守りせよと、命じられたのかもしれぬぞ」

「そうかもしれませんが、わたしは何か深いわけがあるような気がします」

もどかしそうに茜は身をよじった。ほのかに茜の香が漂い、鼻先の黒子が疼いた。情欲がかき立てられたが、さすがに今は求められない。理性でわが息子を宥めたが、思い悩む茜の顔は色香が立ち昇っていた。

やはり、我慢できない。

茜を抱き寄せようと光秀は両手を広げ、腰を浮かした。が、いなすように茜は立ち上がってしまった。肩透かしを食らい、光秀は広げた両手をばつが悪そうに膝に置く。

「十兵衛さま、御所で望月党の動きを探ってくださいませぬか」

悩ましげな茜に頼まれ、

「承知した」

厳かな表情を取り繕い、光秀は答えた。

茜の疑念を晴らそうと、光秀は将軍御所に出仕した。書院で細川藤孝と面談に及ぶ。

そうだ、藤孝には信玄の死を報《しら》せよう。報せた上で、義昭から信長に寝返らせる。藤孝を通じ、義昭や将軍御所の動きを摑むのだ。

「武田勢、今月中にも美濃へ攻め入り、岐阜城を落とすのではござらぬか。しかる後、四月、若葉が芽吹く頃には都に達するでしょう。風林火山の旗が薫風にはためく様が目に浮かびますぞ」

信玄の死を知らない藤孝は、武田勢上洛と信長滅亡を確信している。あいにくだが、都にあって風林火山の旗を見る者はいない。光秀は膝を進めて言った。

「藤孝殿、他言無用でござる」

扇子で顔を隠し、声を潜めた光秀に藤孝は表情を引き締め、小さくうなずいた。

「武田信玄、三河野田城の戦陣にて没しました」

光秀は扇子を閉じ帯に差す。

口を半開きにし、藤孝は光秀を見返した。次いで、天を仰ぎ腹から搾り出すようにして、

「まことでござるか」

「このような大事、嘘など申せましょうか。わが配下の忍びが仕留めました。お疑いなら、今後の武田勢の動きを注視なされよ。上洛どころか、美濃に攻め込みもせず、甲斐へ引き上げます」

「なんと……」

藤孝は落ち着きを失《な》くした。視線が定まらず唇を噛んだり、舌打ちをしている。

それでも、こうしてはいられないと、

「上さまにお報せ申し上げます」

と、立ち上がろうとした。

「待たれよ」

太い声で光秀は止める。藤孝はおやっとなった。

「他言無用と申しましたぞ」

責めるような口調で光秀は言った。

「上さまには……」

「上さまにこそ、報せてはなりません」

光秀は眦《まなじり》を決した。

「何故でござるか」

「上さまには、信玄の死をご存じないまま、信長公打倒の兵を挙げて頂きます」

「上さまを信長公に討たせようと」

「将軍などは無用の長物。藤孝殿、共に信長公による新しい世を創り出しましょうぞ」

熱を込めて光秀は語りかけた。

「拙者に義昭公を裏切れと……」

「離反は戦国の常。自分を高く買ってくれる主に従うのは、至極当然ではござらぬか」

「しかし、今更、信長公が拙者を迎えてくださるか……」

藤孝は肩を落とした。

「わたしが信長公に取り成します。藤孝殿は信長公のために、将軍御所と義昭公の動きを探ってくだされ。そして、頃合いを見て、兵を挙げさせるのです」

「そうそう、うまく事が運べばよいのですが」

「ここが勝負所ですぞ。迷い、躊躇《ためら》ってはなりませぬ」

「そ、そうですな」

弱気を掃うかのように、藤孝は笑顔を取り繕った。その時、

「さて、女子じゃ。ヒヒヒヒッ」

と、何とも下卑た笑いが聞こえた。

昼の日中から女を求める声に、光秀は腹立たしさと興味を抱いた。襖を隔てていても、声で品性下劣さがわかる。

「無人斎道有《むじんさいどうゆう》殿です」

　藤孝は腰を上げ、襖を小さく開けた。光秀も立って隙間から覗いた。廊下を進む僧侶の背中が見えた。枯れ木のようにやせ細った身体に墨染の衣をまとい、前屈みに歩く足取りは覚束《おぼつか》ない。高齢であると窺《うかが》わせるが、丸めた頭は妙に艶めいていた。

「何処の寺院の御坊ですか」

　光秀が問いかけると、

「何処の寺院にも属しておられませぬ」

「……と、いうと、何者ですか」

「武田信虎《のぶとら》殿ですよ」

　藤孝は襖を閉じ、二人は再び座した。

　武田信虎は信玄の父、今から三十二年前の天文《てんぶん》十年（1541）、信玄に追放された。以来、駿河《するが》今川氏を頼った後、都に上って娘の嫁ぎ先である公家今出川《いまでがわ》（菊《きく》亭《てい》）晴季《はるすえ》の屋敷に逗留している、とは光秀も聞いたことがあった。

　その信虎が将軍御所に出入りしているとは意外である。

「信虎殿、おいくつに成られたのですか」

光秀の問いかけに藤孝は小さく笑って答えた。

「八十ですな……齢《よわい》八十にして至って壮健、これから、登楼なさる程です」

「それは大したものですな」

光秀も感心し、果たして八十歳になった時、女を抱けるものだろうかと己が股間を見やった。

「上さまは信玄公との繋ぎ役として、信虎殿を丁重にもてなされております」

信虎は義昭から礼金を貰い、意気揚々と妓楼《ぎろう》に向かったのだった。

「おそらくは、三条大橋近くの夕霧楼で楽しまれるでしょう」

藤孝の言葉にうなずくと、

「では、くれぐれも義昭公と将軍御所の動きに目を光らせてくだされ」

言い置いて光秀は座を掃った。

武田信虎が気になった。信玄との繋ぎ役を担っているということは、信玄との仲は修復されたのだろう。国主の座を追った憎き息子を許したのだ。信玄との関係が続いているのなら、望月千代女のことも知っている可能性がある。

光秀は夕霧楼へと足を向けた。

夕霧楼に着くと、男衆があいにくお相手できる遊女がおりませんと頭を下げた。

「まだ、日は高いのにか」

天上の日輪を指差し、光秀は問いかけた。

「ええ、それが」

男衆は口をもごもごさせた。

すると、

「捲《まく》れ！　尻を捲れ！　ヒヒヒヒッ」

下卑た笑いが光秀の耳朶奥に侵入した。

無人斎道有こと武田信虎《のぶとら》だ。

光秀は男衆を押し退け、楼閣に入った。声は二階から聞こえた。階段を駆け上がるや女の嬌声が漏れてくる座敷の襖を開けた。

「おおっ」

着物の裾を捲り上げ、丸出しになった女尻が三面にずらりと並んでいた。三十人はいそうだ。そして座敷の真ん中に全裸の信虎が立っている。

座敷の真ん中に立ち、無人斎道有こと武田信虎は、尻丸出しの女三十人を睥睨《へいげい》していた。信虎自身も全裸となり、一物を勃起させている。信虎の男根は目立って大きくはないが、かり首が松茸のようで、しかもてかっている。

とても齢八十の珍宝ではない、と光秀は素直に感服した。

「では、参るぞ。ヒヒヒヒヒッ」

信虎は下卑た笑みを顔に貼りつかせ、右端の女に近づいた。

「もっと両の足を開け」

女に声をかけると、信虎は左の女の女陰に左手指を入れ、ぐにゅぐにゅとかき回す。女が悩ましげな声を発するのを聞きながら、信虎は右の女の秘壺に勃起物を挿入した。が、二度、三度腰を振っただけで、

「駄目じゃ。下がれ！」

腰を引き、剝《む》き出しの尻をぴしゃりと叩いた。女はそそくさと座敷から出て行った。男根を屹立させたまま、信虎は次の女に挿入する。

今度も、

「去れ！」

と、冷たく言い放ち、尻を叩く。

信虎は女たちの蜜壺の締まり具合を確かめているのだろう。おのがまらを満足させる秘壺を探し当てるまで、信虎は貪欲に挿入し続けるようだ。

七人目、信虎は松茸を入れた途端、

「おおっ」

喜悦の声を上げた。

信虎は八十の老人とは思えない律動を繰り返した。腰が実に調子よく動き、息も乱れていない。挿入された女尻は牛のように巨大だ。

「も～お、も～お」

愉悦の声も牛の鳴き声のようで、淫靡《いんび》さとはほど遠いのどかなものだ。

「よおし、残れ！」

信虎は男根を抜いた。牛女の陰部と信虎の亀頭から白い男汁が滴り落ちた。射精しても、信虎の陽物《ようぶつ》は衰えていない。威風堂々と次の女の陰裂に割り入った。

合格判定された女は身体つきも面相も牛のようだった。信虎は蜜壺試験を繰り返し、牛女を入れて五人を残した。五人を残すに当たって五回精を放ったにもかかわらず、全身から精気をみなぎらせている。

化け物だ。

「今宵はおまえたちと楽しむ。その前に酒と飯じゃ」

信虎は墨染の衣を身に着け、男衆を呼ぶと食膳と酒を運ぶよう言いつけた。

「食膳は二人分じゃ。客人がおるでな」

信虎は柱の陰に潜む光秀に視線を向けた。柱から出ると光秀は座敷に入った。

「織田信長さま家来、明智十兵衛と申します。無人斎道有さま、いや、武田信虎さま、以後、御見知りおきを」

丁寧に挨拶をすると、

「共に飲もうぞ」

信虎と光秀は向かい合わせに座した。五人の女が二人を囲む。

「そなたの評判は聞いておるぞ。一介の牢人の身から将軍家に取り立てられ、信長にも召し抱えられ、今や近江坂本城主だとな」

信虎はヒヒヒッと下卑た笑いを発した。底知れぬ淫靡さと妖気を漂わせている。

光秀は信虎と酒を酌み交わした。

酌をさせている遊女の股間に左手指を挿入しながら、信虎は右手に金の大杯を持ち、悠然と酒を飲み始めた。

「明智、気に入った女子がおるか」

信虎は遊女たちを眺めやる。光秀は笑みを浮かべるに留めた。大杯を膳に置き、

「あれなる女子はよいぞ。おい、牛、こっちに来い」

信虎は手招きした。

牛のような女が信虎の前に座った。笑顔一つ見せない、不愛想さだ。

「わしはこいつを勧めるぞ」

信虎は光秀に言った。

さては、嫌がらせかと光秀は不満を抱き、

「せっかくのお気遣いなれど、ただ今は情欲が沸き立ちませぬ。いや、お勧めの女子が気に入る、入らぬではなく、このところ役目多忙で……とんと、その……」

と、頭を掻きながら己が股間を眺めやる。

「それなら、尚《なお》のこと女子と交わらねばならぬ。男も女も同衾によって精気がみなぎる。精気が活発になれば、頭も冴える。戦乱の世なればこそ、物を言うのは頭じ

ゃ。戦は頭じゃ」

信虎は豪語した。

「まこと、含蓄のあるお言葉ですな」

光秀は首肯する。

「ならば、牛を抱け。そなたが抱きたくないのは、牛の容貌が気に入らぬからじゃろう。女子の容貌を気にしておるようでは、半人前じゃな。見た目に惑わされてはならぬ。牛のほとは天下一の名器じゃぞ」

信虎の目が鋭く凝らされた。

牛の頬に赤みが差した。光秀は興味をそそられたが、今は使命感が燃え盛った。というより、名器よりも武田信虎という怪人をもっと知りたくなった。

光秀が返事をしないのを見て信虎は、

「みな、下がれ」

と、遊女たちを座敷から遠ざけた。

広い座敷に二人きりとなり、緊張の糸が張られる。

「明智、晴信《はるのぶ》が死んだこと、存じておるようじゃな」

信玄の諱《いみな》を呼び、信虎は問いかけてきた。

信虎の耳にも信玄の死が伝わっている。息子の死を知りながら、三十人もの遊女と遊んでいたとは……。

「存じております。武田勢、甲斐に引き上げましょう」

光秀は目を見開いた。

「信長め、武田や将軍家に勝ったつもりでおろう」

「信長公は窮地を脱せられると、わたしは思っております」

「果たして、そうかのう」

信虎は薄笑いを浮かべた。

茜の疑念を思い出した。茜は信玄暗殺があまりにうまく行き過ぎた、といぶかしんでいた。わが息子の死を知った上での乱痴気騒ぎは、信虎の異常な性欲によるのではなく、強い自信なのではないか。信玄は死んでいない、武田勢は甲斐へ帰らない……。

光秀は不安に駆られ、問いかけた。

「信虎さま、武田勢は甲斐に引き上げぬのですか」

「甲斐に帰るもよし、じゃ」

謎めいた答えを信虎はした。

「武田勢が甲斐に帰れば、信長公は軍勢を西へ向けられますぞ。将軍家や浅井、朝倉とて、武田勢が西上せねば、織田の大軍に太刀打ちできませぬ」

不安をはね除《の》けるように光秀は言った。

「将軍家や浅井、朝倉が滅ぼうが、わしの知ったことではない」

信虎はあくびをした。

「信玄公は将軍家を盛り立てようと、上洛の軍を起こしたのではありませぬか」

信虎の真意を図りかね、光秀は探りを入れた。それには答えず、

「更に申せばじゃ、晴信なんぞ、死のうが死ぬまいが武田は無敵じゃ」

信虎は呵々大笑《かかたいしょう》した。信玄に国主の座を追われた悔しさが蘇ったのだろうか。

「お言葉ですが、信玄公は古今無双の名将であられます。それゆえ、将軍家も浅井、朝倉も三好党も大坂本願寺も六角も信長公打倒に立ち上がったのではありませぬか」

口角泡を飛ばさんばかりの光秀をいなすように、信虎は金の大杯に残った酒を飲

み干した。

「明智、晴信が呆気《あっけ》なく殺されたこと、疑念を抱かなかったか」

思わず光秀は首肯した。次いで不安に胸をかきむしられながら言った。

「まさか、本物と思っていた信玄公は影武者であった……本物の信玄公は甲斐におられるのでは……」

「晴信は、武田信玄は、とおの昔に、この世にはおらぬ」

信虎は口元に笑みを浮かべた。

「……それはどういうことでござりますか」

光秀の脳裏に、見たこともない武田信玄の幻影が浮かんでは消えてゆく。

「晴信はな、幼い頃より臆病であった。いつもわしの顔色を窺い、わしが睨《にら》んでやるだけで泣き出しおった」

信虎は鼻で笑った。

「ですが、信玄公は、あなたさまを国主の座から追われたではありませぬか」

「あれは重臣どもに乗せられたのじゃ。重臣どもにしたら、恐ろしいわしより、びびり者の晴信の方が神輿《みこし》として担ぎやすいからな」

若き晴信を担いだ武田家は信濃攻略に軍勢を進めた。

「ところがじゃ、晴信は己が力を過信するようになった。そのため、北信濃の土豪、村上義清《むらかみよしきよ》との合戦で無謀な策により、武田の柱石たる板垣信方《いたがきのぶかた》と甘利虎泰《あまりとらやす》を死なせてしまった。重臣どもはわしに泣きついてきおった。甲斐に戻って欲しい、とな。じゃが、わしにも意地がある。甲斐に戻るのは断った。断りはしたが、武田が滅ぶのは見たくない。そこで、軍略を伝授し、無双の軍師に育て上げた山本勘助《やまもとかんすけ》を遣わした」

山本勘助を軍師とした武田勢は村上義清を撃破し、信濃攻略に邁進《まいしん》した。信濃併呑《へいどん》が見えた時、義清から助勢を求められた上杉謙信《うえすぎけんしん》が武田の行く手に立ちはだかった。

「上杉謙信、まさしく軍神の如き男じゃ」

信虎は双眸を輝かせた。

「上杉謙信こそは戦国の世の申し子じゃ。謙信に勝てば、いや、勝たずとも負けなければ武田信玄の武名は大いに上がる、それは山本勘助にもよくわかっておった」

信虎の意向を受けた勘助は、謙信との合戦に当たって決戦を避け、川中島《かわなかじま》で両軍対峙のままやり過ごした。世間の目には、武田と上杉は互角であるかのように映る演出であった。

「ところが、謙信にそんな小手先の策などいつまでも通じるはずはない。あれは、四度めであったか。謙信は本気で挑んできた。今度こそ、決着をつける、武田信玄の首を取る、とな」

謙信は越後《えちご》春日山《かすがやま》城から一万三千の軍勢を率いて出陣した。わざと武田勢二万よりも少ない兵力としたのは、信玄に決戦を意識させるためであった。加えて信玄をその気にさせようと、謙信は川中島における武田の拠点、海津《かいづ》城の南の妻女《さいじょ》山に陣取った。すなわち、武田勢には甲斐への退路、上杉勢には越後への退路を断つ布陣をしたのだった。

「こうなっては、決戦をせざるを得ない。わしは、勘助に啄木鳥《きつつき》の戦法を用いるよう申し送った」

啄木鳥の戦法とは、山本勘助立案による上杉勢殲滅《せんめつ》の必勝策であった。二万の軍勢を一万二千の別動隊と八千の本隊に分ける。次いで、夜陰に紛れて一万二千の別動隊が妻女山の上杉勢攻撃に向かう。同時に八千の本隊は海津城を出て八幡原《はちまんばら》に布陣する。別働隊は妻女山の背後から上杉勢を襲い、八幡原へと追い落とす。しかる後、追われた上杉勢を八幡原で待ち構えた本隊と挟み撃ちにする。啄木鳥が嘴《くちばし》で虫の潜む木を突き、驚いて飛び出した虫を食べることにたとえられ、啄木鳥の戦法と名付けられた。

「決戦の数日前、望月千代女率いる女忍びを謙信の本陣に送った」

「望月千代女と望月党は、信虎さまに仕えておるのですか」

「わしが見出《みいだ》し、武田の忍びとした」

「それで、今回の上洛戦において、信玄公の本陣にはいなかったのですな」

信虎がうなずくのを見て光秀は納得した。

「千代を義昭公に近づけたのは、信玄公ではなく信虎さまであられたのですな。あ、いや、話の腰を折りました」

信虎は川中島合戦の裏話を続けた。

千代率いる女忍びは巫女姿で妻女山の上杉本陣を訪れた。武田、上杉、両軍は海津城と妻女山に陣取ったまま睨《にら》み合いを続けていた。千代の望月党は上杉の将兵を骨抜きにすべく奮闘した。

「望月党の女忍びどもはな、性技に長けておるのはもちろんじゃが、女陰の締まりもこの上なくよいのじゃ。ヒヒヒヒッ」

信虎は下卑た笑いを発した。

「望月党の女子はのう、蜜壺を鍛えるため、初潮を迎えると、胡瓜《きゅうり》を挿入し、起きている間は落とさないように暮らす。胡瓜を落とさずに暮らせれば、次は茄子《なす》で行う。更には山芋、大根まで行けば、次の修行じゃ。ヒヒヒッ」

信虎の下卑た笑いも絶好調だ。

光秀も話に引き込まれ、鼻先の黒子がひくついた。熱心に耳を傾ける光秀に信虎は気を良くして続けた。

「次はな、胡瓜、茄子、山芋、大根、各々を女陰で輪切りにするのじゃよ。これができれば、一人前じゃ。男どもは、一物を入れたなら随喜の涙を流すのじゃ。望月党の女どもは一度に百人のまらを相手にできる。妻女山には選りすぐりの十人を送った。上杉の大将どもを骨抜きにし、腰が立たぬようにしようと思ってな」

「なるほど、大将どもが望月党との情交に溺れれば、いざ合戦となっても役には立ちませぬな」

光秀の言葉に信虎はうなずいて続けた。

「上杉の大将ども、愉悦にむせんだ。みな、口々に望月党女子の名器ぶりを賞賛し、締まりがよい、きついぞ、きつ過ぎる、きついのを突け、きついのを突こうぞ、などと口々に言いながら同衾していたそうじゃ」

上杉の大将たちの寝物語が、いつしか山本勘助の軍略と重なり、きつい突きの戦法、啄木鳥の戦法として伝わったのだとか。

「ならば、武田完勝であったはずではござりませぬか」

当然の疑問を光秀が口にすると、信虎は自嘲気味の笑みを浮かべて唇を噛んだ。

「上杉本陣には、想定を遥《はる》かに超える豪傑がおったのじゃ」

「豪傑というと……鬼小島《おにこじま》、ですか」

「そうじゃ。鬼小島弥太郎《やたろう》。豪傑とは小島を言う。天下無双の怪力じゃ。謙信を馬ごと担いで川を渡ったとか」

妻女山でも、鬼小島の豪傑ぶりはいかんなく発揮された。望月党の女十人を一度に相手にし、女たちが失神するまで同衾を続けたそうだ。鬼小島は謙信の側近く仕え、警固も担っていたため、彼を骨抜きにしないことには謙信へ接近できなかった。

「鬼小島は女どもを大車輪で攻め立てた」

信虎の言葉を受け、

「鬼小島の大車輪の性技が八幡原での上杉勢の攻撃に重なり、後に車懸かりの陣、と、呼ばれるようになったのですな」

両手を打ち、光秀は得心した。

「鬼小島によって、啄木鳥の戦法は破られ、武田は窮地に立たされた。晴信は本陣を蹂躙《じゅうりん》され、謙信に斬り込まれてしまった」

「一騎討となったのですな。馬上から斬り下ろされた謙信公の太刀を、信玄公は軍配で受け止められたとか」

血沸き肉躍る合戦絵巻に光秀も武将の本能が刺激され、興奮の余り声が上ずった。

対して信虎は冷めた顔をしている。

「違うのですか」

光秀の問いかけに、信虎は背筋を伸ばして答えた。

「晴信は死んだ」

「川中島で……川中島で謙信公に斬りつけられ、信玄公は亡くなったのですか」

「戦場ではない。その時の傷が元で命を落としたのじゃ」

「川中島合戦は十二年も前ではござりませぬか。あれ以来、武田は勢力を大きく伸ばしましたぞ。風林火山の旗印が向かうところ敵なし……」

光秀は言葉を止めた。

無敵武田騎馬軍団、古今無双の名将武田信玄、そのからくりが見えたのだ。信虎は光秀の心中を察したようでニヤリとして言った。

「そうなのじゃよ。影武者じゃ。信玄に影武者あり、と噂されるようになったのは川中島合戦後。今日まで武田信玄は影武者が担ってきた。死んだ信玄に代わって、何人もの影武者たちが信玄を演じてきたのじゃ」

「では、軍略は……川中島以降の合戦に連勝してきたではありませぬか。軍師山本勘助は川中島で討ち死にを遂げたのでしょう」

「山本勘助は死んではおらぬ。晴信が死に、影武者を立てると決まり、勘助も死んだことにした。勘助がいなくとも信玄は優れた軍略で戦を勝ち続ける、となれば、信玄の死を疑る者はおらんからな」

「それが無敵武田騎馬軍団の正体なのですな。ならば、こたび信玄が死んでも武田勢は上洛へ動くというわけですか。それで、信虎さまは悠然と女を抱いておられる、と」

「いや、武田勢は甲斐へ引き上げる。思わぬ事態が生じたからじゃ。勝頼《かつより》が武田家を相続すると、ごね出したのじゃ」

信玄の嫡男勝頼は、いつまでも影武者が信玄を名乗ることに反発し、自分が武田家の当主となると言い出したそうだ。武田勢はひとまず甲斐に帰り、善後策を講じるのだとか。

「わしも甲斐に向かう。勝頼めを説き伏せる。あ奴にはあと三年辛抱させるのじゃ」

信虎は言った。

ふと、

「よろしいのですか。わたしに武田家の秘密を打ち明けられて」

と、問いかけてから生命の危機を覚えた。信虎は自分を殺すつもりで、打ち明けたのではないか。

「わしと甲斐へ行かぬか。わしは武田家当主に返り咲く。信長に申せ。手を組んで天下を取ろうとな」

武田信虎という男の貪欲さに、光秀は舌を巻いた。

「ひょっとして、信玄公をわざと討たせたのではありませぬか。天下取りが見え、影武者の役割は終わった。影武者に代わって自分が武田家当主に戻り、天下を取る、と」

「その通りじゃ」

当然のように信虎は胸を張った。

この妖怪が天下を取ったら……

「望月党を連れ、甲斐に行くぞ」

信虎は意気軒高だ。望月党との対決となろう。名器軍団と白蜜党の戦いとなる。

二

光秀は京都屋敷の持仏堂で茜と対した。茜が抱いていた疑念、武田信玄暗殺が容易に過ぎた理由を語る。

「すると、信玄の父信虎が望月千代女の女忍びたちを束ねているのですね」

得心したように茜はうなずいた。光秀は望月党の女たちに話題を向けた。望月党の女は初潮を迎えると、胡瓜や茄子を女陰に挿入したまま暮らす。

「ほとで大根を輪切りにできるようになるまで鍛えられるそうだぞ」

茜は眉間に皺を刻んだ。光秀は、しまったと悔いた。自分の陰部を茜は自嘲気味に琵琶の海と呼んでいる。緩さに劣等感を抱いているのだ。

「なに、案ずることはない。望月党には白蜜党の如き、卓越した性技を持つ者はおらぬ」

光秀は朗らかに言った。

茜は口を閉ざしている。劣等意識と不安に駆られているのだろうか。何か言葉をかけようと光秀は一呼吸置いてから口を開いたものの、

「恐れることはない」

などという平凡極まる言葉しか出てこない。すると茜は小首を傾げながら言った。

「望月党の名器ぶりはわかったのですが、大きな疑念が生じました」

「疑念な……うむ、申してみよ」

茜の目に炎が立ち昇っている。望月党への並々ならぬ闘争心が燃え上がっているようだ。

「名器というのはわかるのです。ですが、性技という点ではどうでしょうか。十兵衛さまが義昭公の知遇を得た時のことを思い出してください」

はっきりと覚えている。越前の坂井郡長崎村に義昭一行は匿《かくま》われていた。義昭は還俗したばかりで女を知らず、勃起不全に悩んでいた。それを光秀は白蜜党の性技によって、精力溢れる一物に育て上げたのである。

「あの頃、千代は愛妾《あいしょう》として義昭公と枕を共にしていた。ところが、千代は義昭公の御珍宝を猛々しくすることはできなかった。いくら名器でも、萎えたままの男根相手では、真価を発揮できぬ。宝も持ち腐れであるな」

光秀の言葉に茜は顔を輝かせた。

「千代や望月党は、性技に重きを置いてこなかったのかもしれませぬ」

「白蜜党の勝ちは見えたな」

光秀も喜んだ。

「武田信虎は望月党と共に甲斐へ行くのですね」

「わたしも一緒に行かぬかと誘われた。武田と織田で天下を取ろうという魂胆だ。八十を過ぎて武田家の当主に返り咲こうというだけあって、信虎は絶倫だ。まこと、精力の塊だな」

「白蜜党にとって、不足ない敵でござりますね」

茜は微笑んだ。静かな闘志を内に秘めたようだ。信虎を利用し、武田家を滅ぼせぬか。信虎は信玄などいてもいなくてもかまわぬと言っていた。武田勢を動かしているのは信虎の意を汲《く》んだ軍師山本勘助、死んだはずの勘助だ、と。

将軍御所の奥書院、月明りにほの白く浮かぶ全裸の男女がいる。男は武田信虎、女は千代である。信虎と千代は立って向かい合っていた。

「始めろ」

信虎は命じた。

千代は跪《ひざまず》き、信虎の一物に手を伸ばそうとした。それを信虎は制して命じた。

「口だけじゃ」

千代は信虎を見上げ、こくりと首肯すると、男根に熱い息を吹きかける。亀頭がぴくりと動く。千代は信虎の股間に潜り込み、鼻にかり首を乗せると玉袋に舌を這わせる。一度、二度、大きく吸い込んでから口をすぼめ、玉の一つを強く吸引する。千代の頬が丸く膨れ上がった。

信虎は無表情だが、倅《せがれ》は立派に成長した。千代は鼻で息をし、ひたすらに玉を愛でる。千代の献身に、まら首の先っぽから粘っぽい汁が滲《にじ》み出た。

それを見て千代は玉から口を離すと、大きく口を開き、ぱくりと一物に食らいついた。それを待っていたように、信虎は千代の頭を手で摑んだ。押さえつけたまま、男根を千代の喉深くねじ込んでゆく。千代は吐息を漏らしながら陰茎を迎え入れる。口中を男根で満たされた千代は息を詰まらせ、鼻をびくびくと動かす。それでも、信虎は容赦せず、ぐいっと更に奥深く男根をつき入れる。

「んんん……」

むせびながら千代は涙目になった。哀れみをこうような千代に、

「歯を立てるな！」

無情にも信虎は甲走った声で命じた。千代は鼻で息をしながら、信虎への奉仕を続けた。

「その調子じゃ。喉深く、わが息子を呑み込むのじゃ。ヒヒヒヒヒッ」

肩を揺すり、怪人信虎は下卑た哄笑《こうしょう》を放った。千代はごくりと信虎の肉棒を深く咥《くわ》え込んだ。喉仏がひくひくと蠢《うごめ》く。

「うむ、それじゃ」

信虎は冷静に告げる。

蛇が獲物を丸呑みした如く、千代の喉は肥大した。千代は目を閉じた。その顔は淫靡さを超え、神々しいまでの美麗さをたたえている。そんな表情とは裏腹に、口からは欲望と苦悶のよだれが滴り落ちた。

信虎は千代の鼻を指で摘まんだ。

千代の両目がむかれ、顔が引き攣《つ》る。息ができず、窒息死への恐怖から逃れようと陰茎を勢いよく吸い込む。膨らんだ咽喉がわなわなと痙攣《けいれん》した。

「ううっ」

信虎は快楽の声を漏らした。

千代は大きく背を仰け反らせた。信虎は千代の頭から手を離した。千代は欲棒を吐き出した。大物を釣り上げた竿のごとく、男根がしなり、天井目がけて男汁が放たれた。次いで、落下する精液を千代は口で受け止める。

「よう、修練しておるな。望月党の弱味は口淫じゃ。そなた、己が成果を望月党に教え込め」

千代は感激の面持ちとなった。二人は身繕いを整えた。そこへ男が入って来た。

「山本勘助、参上致しました」

いがぐり頭、隻眼の武士が平伏した。墨染の衣を身に着け、首輪のような巨大な数珠を揺らしている。顔を上げると、左目の眼帯としている刀の鍔《つば》が月光に煌《きら》めき、顔面を無数に走る刀傷が蠢く。実に醜悪な面相の持ち主だ。

信虎は相好を崩した。愛《まな》弟子への慈愛が表情から滲み出ている。勘助が挨拶の言葉を返したところで、

「晴信の奴、信長の間者に討たれたな。影武者とはいえ、このわしが晴信と呼べる程の男じゃった。惜しいことよ。名もなき影武者、せめて晴信と呼んでやろう。それが供養」

信虎はしみじみと語った。それを受け、

「無念の極み、御屋形さまを討ったのは、くノ一でござります。枕を共にし、同衾

の最中にお命を奪われました」

勘助も影武者を御屋形さまと呼び、かいつまんで影武者が殺された状況を話した。

「信長はくノ一も使うのか……それにしてもおかしな話よな。晴信は女子には興味がない。どうしてくノ一なんぞを寝間に呼んだ」

信虎の疑問に千代も首を捻る。

「御屋形さまの本陣を訪れたのはくノ一の一行でござりますが、その中に目を見張るような美童がおったのです」

「なるほどのう。晴信め、馬鹿な奴じゃ。衆道に嵌《はま》り、自らを滅ぼしおった。ここらが奴の潮時であったのかもな」

わが子の死を信虎は一笑に伏した。

対して、

「望月党がお守りすれば、こんなことには……」

千代は自責の念を吐露した。

「申したではないか。おまえの役目は将軍家をお守りすることじゃ、と。晴信が死んだとて武田の軍勢は無事じゃ。勘助がおる限り、軍略に誤りはない。わしは、甲斐へ行く。望月党も一緒じゃぞ」

信虎の言葉に、千代はおやっとなり問い直した。

「将軍家をお守りせずともよいのですか」

「将軍家の役割は終わった。いや、あと一つ大きな役割があったな。千代、将軍家にな、信長討伐の兵を挙げさせよ」

信虎は命じた。

「上さまは戦がお嫌いです。自ら軍勢を率いて、戦場に出るなど……」

千代の懸念を掃《はら》うように信虎は笑みを浮かべ勘助を見た。千代も勘助に視線を向ける。

「勘助にお任せくださりませ」

勘助は見える右目を光らせた。

わかりましたと答えてから千代は言った。

「織田も上さまに挙兵させようと蠢いております。明智光秀が細川藤孝と密談を重ね、上さまに信長討伐の根回しをしておるようなのです。細川は上さまの側近でありながら、明智に取り込まれ、信長に寝返ったのかもしれませぬ」

「わしも会ったが、腹の底を見せぬ男であったわ。鼻先の黒子ゆえ、凡庸な印象を与えるが、ああいう奴ほど、裏の顔を隠し持つものじゃ」

「明智は上さまの萎えた御珍宝を治癒したのです」

「いかにしてじゃ」

信虎は目を凝らした。

「わかりませぬ。ただ、性技を極めた女子《おなご》を宛《あて》がったという噂がござります」

「性技に長《た》けた女子か」

信虎は勘助を見た。勘助は語り始めた。

「御屋形さまのお命を奪ったくノ一、まさしく性技に長けておったようですな。と、申しますのも、影武者の中から本物の御屋形さまを見抜いたのは、くノ一の口淫技だったのです」

本物の信玄はかり首に豆粒大の突起物があった。肉眼ではわからない、その突起物を白蜜党の湊が恐るべき舌技で探し当てたのである。

「それは凄いのう」

滅多に感心しない信虎が感嘆のため息を漏らした。千代も両目を見開いた。

「その者ども、明智のくノ一と見てよいな」

信虎の問いかけに、

「間違いないと存じます」

勘助は静かに肯定した。

「手強《てごわ》そうな敵であるが、恐るるに足りず、じゃ。いつしか戦わねばならぬが、将軍家に兵を挙げさせるという点では、目的は一致しておる。千代、将軍家をその気にさせよ」

信虎は命じた。


千代は御所の奥向きへとやって来た。義昭の寝間からは、数人の女たちの歓喜の声が聞こえる。義昭には敢えて望月党の女を与えなかった。町人から義昭の一物に適した女子を見つけ出し、枕を共にさせている。義昭に望月党の女を宛がえば、義昭は精力を搾り取られ、廃人となる恐れがあったのだ。

程よく女色に溺れるのがよい。

千代は寝間に入った。

仰向けとなった全裸の義昭の股間に女が跨っている。女も素っ裸となり、騎乗位で義昭を攻め立てていた。義昭の顔面にも女の股間が覆っていた。両側にも女が侍《はべ》り、各々、義昭の手指を女陰に挿入してよがっていた。

痴態極まる有様であるが、千代には見慣れた光景であった。寝間の隅に控え、義昭が果てるのを待つ。

騎乗位の女は千代を見た。千代は目で、義昭を早く逝かせるよう促した。女は小さく頷《うなず》き、腰の上下運動を激しくする。自らの手で乳房を揉みしだき、息を荒らげて叫び立てた。

「上さま～極楽へお導きくだされ」

義昭は返事をしたのだが、陰部で口が塞がれているため、言葉にならない。

四人の女たちが愉悦の声を上げる。淫靡な空気が漂い、騎乗位女の腰の律動と義昭が蜜壺を舐めるぴちゃぴちゃという音が響き渡った。

やがて、

「ああ～ん、逝きますう」

騎乗位女はすうっと腰を浮かした。男根と秘部が離れる。女は義昭の股間に座し、男根をしごき上げた。女たちは一物の周りに集まる。噴火寸前の男根に視線が集中した。

義昭は忘我の面持ちとなり、腰を振り続けた。

「お放ちあれ〜」

千代が声をかけると、亀頭の先端から男汁が噴水のように噴き上がった。女たちは飛び散る精液を顔面で受け止めた。

「余は満足じゃ」

義昭は息を吐いた。

義昭は白絹の寝間着を身に着け、千代と向かい合った。

「千代の見立ては大したものじゃ。まぐわう女、いずれも、余の倅にぴたりと適しておる。まこと、千代は女陰を見る目があるのう」

下卑た笑みを浮かべ、義昭は盛んに千代を褒め上げた。それはよろしゅうございましたと、返してから千代は言った。

「武田信玄公と共に信長を討ってはいかがでしょう」

「そうじゃな……余も信長を討つのに異存はない。目下、時期を見定めておるのじや」

「その時期は、いつでござりますか」

「武田勢がのう、美濃に攻め込んだなら、兵を挙げてもよいか、と」

義昭の言葉尻は曇った。迷いがあるようだ。

「それでは、間もなくでござりますな」

念押しをするように千代は言った。

すると義昭の顔に憂鬱《ゆううつ》な影が差した。

「武田勢、三河に入ったまま、動かぬ。一体、どうしたことじゃ」

ため息混じりに義昭は危惧した。義昭は武田勢の西上が止まったことに不安を抱いている様子だ。

ここで、

「失礼致します」

山本勘助の野太い声が聞こえた。義昭はおやっとなった。

「信玄公よりの使者でござります」

千代が言い添えると、義昭は入るよう告げた。勘助が入って来た。いがぐり頭で隻眼、顔面に走る無数の刀傷に驚いてか、義昭は息を呑んだ。

「武田家、軍師山本勘助にござります」

勘助は両手をついた。

「山本勘助……そなた、まこと山本勘助か。川中島で討ち死にを遂げたと聞いておるぞ」

「死んだのも軍略の内でござります」

妙な答えだが、勘助の口から語られると説得力がある。

「拙者の生き死にはさておきまして、此度《こたび》、我が御屋形さまは、上さまと共に信長を滅ぼさんと勇んで出陣なさいました」

「存じておる。余も大いに期待しておるのじゃ。よって、信玄と共に信長討伐の兵を挙げようと虎視眈々《こしたんたん》と時期を見計らっておる。それでじゃ、武田勢、三河に攻め込んだのはよいが、動きを止めたのはいかなるわけじゃ」

義昭の問いかけに勘助は堂々と答えた。

「それも軍略のうち！」

顔面の刀傷が不気味に蠢き、見開かれた右目に力がみなぎった。唖然と口を半開きにした義昭に勘助は続けた。

「信玄公が陣中で鉄砲の流れ玉に当たり死んだと、信長の耳に入るよう忍びに工作させました。信長は真偽を確かめようとしばらくは岐阜で様子見致します。武田勢は一旦、信濃に移ります」

　ここで勘助は懐中から絵図を取り出し、畳に広げた。千代が絵図の周りに燭台《しょくだい》を集めた。畿内から甲斐までの国々が描かれている。勘助はちらっと寝間の隅を見た、碁盤がある。千代が黒と白の碁石を持ってきた。

　勘助は黒の碁石を三つ取り、信濃国に並べた。次いで、白の石を美濃に三つ、近江と摂津《せっつ》、都に一つずつ置く。碁石一つは一万の軍勢だと勘助は説明してから言った。

「信長の兵力は六万、武田は三万。じゃが、上さまのお陰で信長に敵する勢力、大坂本願寺、三好党、六角、そして浅井、朝倉、それらが結束すれば織田勢を凌駕《りょうが》します。しかし、信長が本国美濃を固めておっては、持久戦に持ち込まれ、伸び切った兵站《へいたん》を狙われます」

　ここまではよろしいかと勘助は義昭を見た。義昭は首を縦に振る。

「そこで、信濃に留まった武田勢が信長をおびき寄せるのです。信長には信玄が死んだという誤報を摑ませています。信玄なき武田勢は結束が乱れ、甲斐に引き揚げるべしと主張する者、いや上洛すべしだと叫ぶ者に割れておる、それゆえ、信濃に留まり、動けないと信長に思わせるのです」

勘助は信濃の木曾辺りに黒の碁石を一つ置く。次いで、白石を二つとって信濃に移した。

「信長は武田を撃退する絶好の好機だと美濃から信濃に出陣します。武田勢は木曾にいると、軍勢を進めますが、そこには囮《おとり》の武田勢があるのみ。木曾は山の中にあります。織田勢を木曾の山中に誘い込んだところで、周囲から攻め立てます」

勘助は二つの黒石を白石の左右に置いた。

「上さまは、都で兵を挙げてくださりませ。上さまの挙兵を機に、浅井、朝倉、大坂本願寺、三好党、六角も決起致します」

勘助の軍略に、

「出来たな、山本勘助」

義昭は会心の笑みを浮かべた。

と、やおら、勘助は立ち上がり、懐中から軍配を取り出して頭上に掲げ、

「いでや！　狐《きつね》ども」

襖が開き、女たちが入って来た。みな、全裸なのだが、顔は狐の面で覆っている。生暖かい風が吹き込み、燭台の炎が消えた。が、闇が覆ったのも束の間、ぼうっとした赤い火の行列が現れた。

狐の嫁入りと呼ばれる怪火である。

義昭が目を白黒させていると、狐面の女たちは周りを囲んだ。

勘助が言うと、女たちは義昭の寝間着を脱がせた。何処からともなく、コン、コンという狐の鳴き声が聞こえた。義昭の目がとろんとなり、自らも狐の鳴き真似を始めた。

「お楽しみあれ」

女が尻を義昭に向ける。向けられた尻に一物を挿入する。義昭も女もコン、コンと鳴きながらまぐわいを繰り広げた。

「これぞ、望月流狐憑《つ》きじゃ」

勘助は軍配で義昭と女たちを煽《あお》り立てた。

女の一人が義昭の背後に周り、人差し指を肛門に入れる。更に二人が義昭の両側から乳首を舐め始めた。勘助は背後から義昭に刺し貫かれている女の前に立つと、衣の隙間から男根を摑みだした。

山本勘助の男根は容貌同様に怪異、醜悪であった。竿は太く、かり首はどす黒い。亀頭全体にイボがあり、まぐわったら病気をもらいそうだ。

そんな一物を誇らしげに勘助は上下に動かし、女の頰にあてがう。女の顔がイボの肌触りで不快に歪んだ。

「気持ち悪いか」

勘助の問いかけに女は答えない。両目を瞑《つぶ》り、女陰を貫かれる快感に身を逃している。

「気持ち悪かろう。この気持ち悪いわが息子を味わうのじゃ」

女は首を左右に振っていやいやを示した。勘助の顔から笑みがこぼれた。見える右目がぎらぎらとした情欲に輝く。

勘助は亀頭を女の鼻先にくっつけた。女は顔をそむけようとしたが、

「動くでない」

勘助は女の頭を右手で押さえた。動きを封じられ、女は呻《うめ》いた。勘助は女の苦しみを悦ぶようにまら先で鼻の穴をこじ開ける。

「ああっ」

悲鳴と共に女は口を開いた。

すかさず、勘助は男根を口の中に入れた。右手で頭を摑んだまま、腰を前後に動かす。苦し気な声を上げる女の口からよだれが滴り落ちる。

勘助の背後に狐火が点滅した。

義昭は茫然として腰の律動を止める。

「公方さま、女を悦ばせてやってくだされ」

勘助に言われ、我に返った義昭は女の秘壺を刺し貫き始めた。

前と後ろから男根を挿入され、女は苦しみから快楽へと旅立ってゆく。勘助の尻を両手で鷲摑みにし、咽喉の奥にまで一物をくわえこんだ。

「どうじゃ、咽喉が気持ちよかろう。わしのまらイボはな、咽喉を蕩けさせるぞ」

誇らし気に語りかける勘助に応じるように、女は一層深く男根を呑み込む。両目がかっと見開かれ、狐に憑かれたように口淫に耽溺した。かり首のイボが咽喉で蠢き、女の口から勘助の先走り汁が入り混じった大量のよだれが、滝のように落下する。

程なくして義昭が息を弾ませ宣言した。

「参るぞ！」

女は尻を振り立てる。

「わしもじゃ。いざ、出陣！」

勘助も叫び立てた。

女の身体が痙攣する。

義昭は腰の律動を速め、愉悦の頂へ駆け上がる。勘助の尻を掴んだ女の手に力が込められた。

義昭は達した。

勘助も男汁を放つ。

思う存分、射精した後、勘助は女の口から陰茎を抜いた。てかてかとした亀頭でイボが存在を主張している。

女はぐったりと倒れ込んだ。

「余は満足じゃ」

義昭は言葉通り、満面に笑みを広げた。

勘助が女たちを下がらせた。女たちがいなくなったと同時に狐火も消えた。代わりに燭台の炎が妖しげに揺らめく。

「勘助、歳に似合わぬ絶倫ぶり、大したものじゃ」

義昭の賛辞に、

「上さまも精魂の湯にお浸かりあれ」

勘助はヒヒヒッと下卑た笑い声を上げた。

「まこと武田は信長打倒の兵を挙げるのであろうな」

不安げな義昭の問いかけに、

「必ずや風林火山の旗印が織田を呑み込みます」

一物を誇ったのと同様に、勘助は己が軍略を自信たっぷりに語る。信長を木曽の山中に誘い出して殲滅する策である。

義昭は勘助に引き込まれるようにうなずき、勝利を手にした気分となっていった。

三

半時後、信虎と勘助は三条の夕霧楼に登楼した。

「ここにはな、締まりよき女子が五人ばかりおる」

信虎の言葉に、

「御屋形さまのお見立て、いや、おちん立ては間違いございませぬ」

勘助にとって、甲斐源氏武田家の当主、すなわち御屋形さまは今も信虎である。

「ならば、早速、呼ぶか」

手を打ち鳴らし、信虎は男衆を呼び、選りすぐりの名器五人を座敷に寄越すよう申し付けた。

「それが、あいにくと……」

男衆は口をもごもごとさせ、五人とも客を取っていると詫びた。

「今日は、大して客が入っておるようには見えんぞ」

不満を込めて信虎は問い返した。

「それが……お一人さまで五人を相手になさっておられるのです」

「ほう、そんな豪の者がおるのか」

「先だって、御一緒だったお武家さまですよ」

「明智か……」

呟いてから、やりおるわいと信虎は光秀が五人の相手をさせるに任せた。そうなると、相手がいない。仕方がない。今日は酒を楽しむかと座敷に戻った。

「勘助、期待を持たせたがな、あいにくと目当ての女子は塞《ふさ》がっておる。蜜壺がな。ヒヒヒヒヒッ」

股間を撫でながら淫靡な笑いを飛ばす。

「それは、残念。ですが、御屋形さまとじっくり酒を酌み交わすのも無上の喜びでござります」

勘助はいがぐり頭を下げた。

個性の強い容貌をした二人の坊主は食膳と酒を運ばせた。鮎《あゆ》の塩焼きを食べ、酒を飲んでいると、

「失礼します」

二人の女が入って来た。

一人は白拍子、もう一人は禿《かむろ》のようだ。

白蜜党の静香と湊である。

「なんじゃ、頼んではおらぬぞ」

と、一旦文句を言ったが信虎は静香を見て目尻を下げ、

「見ぬ顔じゃな。構わぬ。酌をせい」

と、呼び寄せた。

しかし、静香は信虎の言葉を聞くことなく、座敷の真ん中で舞を披露し始めた。

信虎が顔を歪《ゆが》めたが、

「御屋形さま、都の風情を味わいとうございます」

勘助に言われ、

「そうじゃな」

と、信虎も受け入れた。

静香に代わって湊が二人に酌を始めた。

優美な舞に信虎も勘助も魅了された。

湊は信虎に酌をしつつ股間を指で撫で始めた。直後、信虎は湊の髪を掴んだ。顔を上げさせ、眼光鋭く問いかける。

「その方ら、明智の手の者じゃな」

湊は答えない。

静香も舞い続ける。

「答えずともよい。明智めは、わしの気に入りの女を独り占めにし、代わりにそなたらを寄越した。晴信の命を奪ったのも、その方らか」

髪の毛を掴んだ手を信虎は揺さぶった。

湊はにこにこと笑ったまま口を開け、舌を伸ばす。舌は蛇のようにくねり、信虎の手首に絡まった。湊の髪の毛から信虎の手が離れる。

「おのれ、妖怪！」

山本勘助が甲走った声を発し、湊に向かった。素早く湊は腰を上げると、ばく転をした。静香が扇を天井に投げた。

部屋全体に蒼い靄《もや》がかかる。

扇は巨大な揚羽蝶《あげはちょう》に変化した。

静香と湊が蝶に乗る。揚羽蝶は優美な羽根を羽ばたかせ、悠然と窓から飛び去った。信虎と勘助が顔を見合わせた途端に靄が晴れた。

「妖術を使いおって」

信虎は舌打ちをした。

「信玄公を殺めた敵も、高坂弾正殿の陣小屋で妖術を使いおりました」

「こしゃくな奴らじゃな」

「明智を仕留めます。五人の女とまぐわっておる最中、極楽から地獄に堕《お》としてやりましょうぞ」

勘助の進言に、

「その必要はない」

「しかし、お命が狙われたのですぞ」

「明智はわしの命を狙ったのではなかろう。自分の手の者に探らせたのじゃ。わしの絶倫ぶりを見て、手の者の技が通じるかどうかをな」

余裕の笑みで信虎は言った。

「姑息《こそく》な男ですな」

勘助も鼻で笑った。

「さて、今日は引き上げるか。物足りぬが、精魂の湯にでも浸かって精力を養うぞ」

信虎は伸びをした。

「まこと、精魂の湯は心強いですな。あの湯に浸かると、いつまでも女子を満足させられます」

勘助は一物が疼くと股間に手をやった。精魂の湯は、信濃安曇野《あずみの》の山中に湧く秘湯である。望月党が安曇野を本拠としているのは、精魂の湯があるためであった。

「甲斐に行き、勝頼から武田家当主の座を奪わねばならぬ。それには、家臣どもにわしの絶倫ぶり、衰え知らずの珍宝を見せつけてやらねばな」

信虎は股間に手を入れた。

「勝頼さまも、中々の艶福《えんぷく》家でいらっしゃいます。ご油断なされぬよう」

恭しく勘助は両手をついた。

「勝頼なんぞ、若さに任せた勢いだけのまぐわいじゃ。ま、そうは申しても、人は力に屈するもの。わしはな、女の数も放つ男汁の量も勝頼を圧してやるつもりじや」

決意を示すように信虎は股間をもっこりとさせた。

「天下無双の御珍宝に風林火山の旗もなびくことでござりましょう」

勘助は見える右目をどす黒く光らせた。


細川藤孝が光秀の京都屋敷にやって来た。

庭に面した濡れ縁に二人は並び、世間話をするような穏やかさで言葉を交わす。

桜は散り、春も去り行こうとしていた。

「武田勢、三河から信濃に向かっておるようですぞ」

穏やかな口調とは裏腹な、目には戸惑いの色が浮かんでいる。

「将兵にも信玄の死を隠しておるようです。して、義昭公は信長公討伐の兵を挙げるのですな」

光秀の問いかけに藤孝は不安げに答えた
「目下挙兵の準備を進めております。信虎殿が散々に煽り立て、上さまもその気になっておりますぞ」

「藤孝殿、義昭公が滅ぶのに躊躇いを感じておられますか」

藤孝はこくりとうなずき、

「信長公の世になるのに、不満を抱いておるわけではないのです。ただ、物心ついてより足利将軍家にお仕えし、義昭公にも流浪の身にあられた頃から御側近くに侍っております。まあ、情において忍びない、と言ったところでしょうか」

「足利義昭公、忠義を尽くすに足るお方ですかな」

「光秀殿……答え辛い問いかけですな」

苦笑を漏らす藤孝に光秀は追い討ちをかけた。

「義昭公は政そっちのけで女子とのまぐわいに耽溺《たんでき》しておられるのみ……では、ござりませぬか」

「否定できませぬな。昨今では、信虎殿の勧めで信濃から秘湯の湯を運ばせております。なんでも精魂の湯だそうです」

「精魂の湯……」

光秀が首を捻ると、

「精力絶倫となる効能があるそうですぞ。信虎殿は精魂の湯に浸かっておるため、齢八十となっても、尽きぬ精力を誇っておられるのだとか」

藤孝は大真面目に語った。

「その秘湯は信濃の何処にあるのですか」

「安曇野だそうですぞ」

藤孝は言った。

安曇野は望月党の本拠である。なるほど、湯治をすれば精力がみなぎりそうだ。

「信虎殿から甲斐へ行かぬかと誘われております。武田と織田で天下を取ろうと、持ちかけられたのです」

「すると、武田が織田を倒したところで、義昭公は傀儡《かいらい》のままか、悪くするとお命を奪われるのですな」

藤孝はため息を漏らした。

義昭を裏切ることへの後ろめたさ、義昭への忠義心に苦しんでいるようだ。育ちの良さであろう。自分のように利で動くのではない。誠実な人柄は大いに賞賛されるべきだが、戦国の世にあっては滅びを誘う。

細川藤孝、一皮剝けよ。

織田家中にあって、光秀は新参者にもかかわらず異例の出世を遂げ、妬みの声が上がっている。藤孝を味方につけるのが今後のためだ。

「一緒に甲斐に行きませぬか。途中、信濃で精魂の湯に浸かりましょうぞ」

唐突な光秀の誘いに、

「わたしもですか」

藤孝はきょとんとなった。

四

茜は白蜜党の面々と共に信濃、安曇野にやって来た。松本盆地の北西部、梓川《あずさ》、烏川《からす》、黒沢川《くろさわ》、中房川《なかぶさ》による扇状地である。豊かな清流に恵まれ、至る所に湧き水があり、豊作を約束された水田が田植えを待っていた。

望月党の本拠地とあって、茜も白蜜党のみなも猛然とした闘志を内に秘めての旅だ。

周囲に連なる山並みの内、ひときわ高く聳《そび》える常念岳《じょうねん》の山中に踏み入った。茜は白蜜党と別れ、単身で宿坊に泊まることにした。

坊には精魂の湯と呼ばれる温泉がある。

早速、精魂の湯を覗いた。周囲を樹木が生い茂った露天風呂である。湯は白く濁り、浸かれば肌艶がよくなりそうだ。誰もいない。まずは、入浴してみようかと御高祖頭巾を脱いだ。真っ黒な切り髪がさらりと風に揺れる。

すると、樹幹から女の声が聞こえてきた。

木立の中に身を隠し、様子を見る。

湯帷子《ゆかたびら》を来た数人の女が姿を現した。先頭には千代がいる。望月党の者たちのようだ。

千代たちは湯には入らず、脇で正座をした。

「みなの精進を確かめますよ」

千代は右手を上げた。やはり、湯帷子を身に着けた少女たちが大根を抱えて千代の前に置いた。山と積まれた大根に千代は目をやりながら、

「そなた」

と、一人の女を指名した。

女はすっくと立ちあがり、はらりと湯帷子を脱いだ。ほっそりとした身体に似合った小ぶりの良い乳房に、尖った真紅の乳首が自己主張している。華奢な身体からは想像できない、濃くて真っ黒な恥毛が雌の本能を窺わせた。

「お志乃《しの》、咥えなさい」

茜は大根に視線を移した。

お志乃は大根を両手で摑んだ。次いで、目をとろんとさせ、慈しむように大根に頬ずりをする。お志乃の口から吐息が漏れ、

「お珍宝さま〜」

感に堪えたような声を発し、お志乃は大根の先端を口に入れた。ぴちゃぴちゃと音を立てながら舌を使い、更にはずずっと吸い上げる。やがて、口から抜くと大根の先はお志乃の唾液で濡れそぼっていた。

お志乃の目が光った。

大根を割れ目にあてがい、ずぶりと挿入する。大根は秘裂を割り裂き、中程までが入った。女陰に大根をくわえたまま、お志乃は露天風呂の周りを走り始めた。

千代は真剣な眼差しでお志乃の動きを追っている。股間の大根は微動だにしない。

身体の一部であるかのようだ。

走る速度が高まる。肩まで垂れた黒髪が風にたなびき、身体中が躍動している。

息を切らすこともなく、軽快に五周回ったところで、

「さあ、切りなされ」

千代は命じた。

お志乃は止まった。

息も上がらない平常さで、僅《わず》かに眉間に皺が刻まれるや、大根が真っ二つに両断された。

「お志乃、よう修練したな。褒めてつかわすぞえ」

千代はお志乃が女陰で断ち切った大根を手に声をかけた。

「ありがとうございます。うれしゅうございます」

満面に笑みを浮かべ、お志乃は頭を下げた。

「みなも、お志乃を見習うのじゃ」

続いて、千代は望月党の女たちを試験していった。合格したのは、お志乃を含めて五人である。

そこへ、山本勘助がやって来た。

「本日は五人でした」

千代は合格した五人に残るよう言いつけた。五人は全裸のまま勘助の前に立った。勘助は墨染の衣を脱ぐことなく、女たちの股間に指を入れてゆく。秘壺の具合を確かめているようだ。

確認を終えると千代に向かい、

「よかろう。この者たちを、望月流車懸かりの性法に加える」

勘助は小声で告げた。

「みな、喜ぶのじゃ。勘助殿がのう、そなたらが望月流車懸かりの性法に参陣すること、お許しくだされたぞ」

千代から知らされたお志乃たちは、感涙にむせんだ。「望月流車懸かりの性法」とは何だろう、と茜はいぶかしんだ。加わる者が無上の喜びに浸る程に、名誉ある性技に違いない。山本勘助が川中島合戦で遭遇した上杉謙信の、「車懸かりの戦法」とは関係があるのだろうか。

「勘助殿、車懸かりの性法をお使いになるのですか」

千代の顔には不安の影が差している。

「信玄公亡き後、一枚岩を誇った武田の結束が緩んでおるでな、絆《きずな》を強めるには車懸かりの性法じゃ」

千代はうなずきながらも、

「家臣たちは結束しても、勝頼さまを御屋形さまとは仰ぎますまい。信虎さまの返り咲きこそが武田家を隆盛に導き、天下取りを成し遂げることとなりましょう。しかし、勝頼さまが納得するか……」

勝頼の武田家当主を危ぶみ、信虎の復帰を願った。

「勝頼さまに得心して頂くべく、信虎さまは枕合戦を挑まれる」

「枕合戦となれば、信虎さまに勝てる勇将はおりませぬな」

千代は深く首肯した。

茜は息を吞んだ。勝頼は二十八の若武者、信虎は八十を超す老将、年齢だけを見れば、勝頼の圧勝だ。しかし、無人斎道有こと武田信虎の絶倫ぶりは人ではない。

枕合戦がどのような取決めで行われるのかは不明だが、信虎は勝利を確信しているに違いない。信虎と勝頼の枕合戦、望月流車懸かりの性法、茜は強い好奇心に駆られた。

信虎が勝利し、望月流車懸かりの性法が決まったなら、武田は今まで以上の脅威になるかもしれない。並々ならぬ闘志が沸き、茜のほとは熱く疼いた。

「十兵衛さま、抱いてくだされ、琵琶の海を満たしてくだされ」

茜は光秀の鼻先にある黒子を思い浮かべ、指を秘裂に挿入した。

第四章　天下性膣

一

武田信虎と山本勘助は信濃駒場城へとやって来た。三河から撤退した武田勢が駐屯している。

二人は城内の本丸御殿の大広間で武田勝頼と対面した。墨染の衣に身を包んだ信虎と勘助に対し、勝頼は凛々《りり》しい甲冑姿である。大広間の両側に居並ぶ武田の重臣たちも具足に身を固め、いかめしい顔で座していた。

上段の間に座す勝頼の甲冑は楯無《たてなし》と呼ばれる大鎧《おおよろい》である。甲斐源氏の始祖源義光《よしみつ》、通称、「新羅三郎義光《しんらさぶろう》」所縁の甲冑で、累代の武田家当主が受け継いできた。信虎は勝頼の前に座して向かい合い、斜め後ろに勘助が控えた。

「都で将軍家が信長討伐の兵を挙げられたぞ」

信虎の言葉に重臣たちがざわめいた。

勝頼が重臣たちを見回して言った。

「将軍家はわが武田勢をお待ちじゃ。やはり、甲斐へは戻らず、美濃へ攻め込むべきではないか」

すると重臣を代表して長老山県昌景《やまがたまさかげ》が意見を述べ立てた。重臣たちはあくまで殺された影武者を本物の信玄として崇めている。

「御屋形さまは亡くなられました。ここは、一旦甲斐へ戻り、領国をしっかりと固めるべきと存じます」

山県の考えにうなずく者が何人も見受けられる。

「甲斐に戻るのは、信長を滅ぼし、都に風林火山の旗を立てた後じゃ」

勝頼は不満そうに語調を荒らげた。

「御屋形さまの死は信長に漏れておるかもしれませぬ。加えて、盟約を結んでおりますす朝倉は越前に引き揚げ、浅井は織田勢に囲まれ小谷城を出られませぬ」

「我らが美濃に攻め込めば、浅井や朝倉も勢いを盛り返す。第一、将軍家はどうなる。武田を頼んで挙兵なさったのだぞ」

「武田を恐れて信長は美濃から動けませぬ。将軍家には、御屋形さま病気療養のため一旦甲斐に戻り、平癒の後に上洛する、とお伝えすればよろしいかと存じます」

という山県に続いて同じく長老の馬場信春《ばばのぶはる》も言い立てた。

「将軍家挙兵を聞けば、信長に従う畿内の国人どもが寝返りましょう。大坂本願寺も三好党も将軍家にお味方致します。ご心配には及びませぬぞ」

勝頼は苛々《いらいら》を募らせ、

「信長討伐は武田を中心に行わねばならぬ。わが武田が将軍家を盛り立て、幕府の威光を取り戻す、これは父信玄の悲願であった」

「焦りは禁物と申しております」

山県は諫《いさ》めた。

「動かざること山の如し……」

馬場も言い添えた。

「そんなことを申しておる内に好機を逸するぞ」

勝頼が歯嚙みしたところへ、伝令が届けられた。義昭挙兵は信長に鎮圧されたそうだ。信長は義昭が兵を挙げると、即座に上洛し、上京《かみぎょう》一帯を焼き討ちにして義昭の無力さを天下に知らしめた。その上で義昭と和睦したという。

勝頼はいきり立った。

「もたもたする内に、信長にやられたではないか！」

「信長は父の死を知っておるのだ。父を殺したのは、やはり信長の間者であったのだ。いや、そもそも、十二年前の川中島合戦で信玄は討ち死にを遂げ、以後は影武者と山本勘助が武田家を動かしてきたことも摑んでおるかもしれぬ」

勝頼は重臣たちを見回した。

あまりにも迅速な信長による義昭挙兵の鎮圧は、勝頼の考えを裏づけているように思え、重苦しい空気が漂い始めた。

信虎がおもむろに口を開いた。

「勝頼の申す通りじゃ。信長は影武者と勘助を使った武田家のからくりを摑んだのじゃ」

勝頼は破顔した。

「御爺《じじ》さま、ならば、信玄の死を明らかにし、新たな当主にこの勝頼が就いたと、天下に知らしめるのがよかろうと存じます」

信虎はにんまりと笑い首を左右に振った。

「武田家存亡の時じゃ。晴信の死を明らかにするのは構わぬが、勝頼が武田家当主となるのは三年待て」

「御爺さま、それはどういうことですか。三年の間、武田家は当主不在でおるのですか」

目をむき勝頼は信虎を質《ただ》した。

「これからの三年に武田家の命運が決まる。すなわち、天下を取るか滅びへ向かうかじゃ。新羅三郎義光公以来、甲斐源氏武田家始まって以来の多難な三年の舵取りを、そなたに任せるわけにはまいらぬ。このわしが、無人斎道有こと武田信虎が、武田家当主に返り咲く！」

信虎の宣言に勝頼は口を半開きにし、重臣たちは大きくどよめいた。

「御爺さま、それはいくらなんでも……」

勝頼は上目遣いとなった。

「何がいくらなんでもじゃ」

「失礼ながら御爺さまは、齢八十を迎えられました。武田家当主を担うには、お身体が心配です。甲斐や信濃にはよき温泉が数多ござりますれば、ゆるりと余生を過ごされるか、都にて武田家を支えてくださるのが、よろしかろうと」

遠慮がちではあるが、勝頼は信虎の返り咲きを拒んだ。

「勝頼、わしはな若い者には負けぬ。八十を過ぎようが、気力も精力も溢れ返っておるぞ」

信虎は呵々大笑《かかたいしょう》した。

重臣たちは気圧《けお》されて、意見を差し挟めない。信虎の背後に控える勘助が、

「信虎さまは衰えを知らぬ豪のお方ですぞ。信虎さまなればこそ、信長を滅ぼし天下をお取りになることができます。風林火山の旗を都の薫風にはためかせられるのです」

「勘助、御爺さまの器量を疑うものではないが、信長は信玄亡き武田家を恐れないため、将軍家を滅ぼしたのじゃ。信長に勝てる確証はあるのか」

勝頼は怒りの目で勘助を睨《にら》んだ。

「将軍家は滅んでおりませぬ。一旦、和睦しただけです。この後、信長を木曾の山中に誘い出し、将軍家には再び挙兵して頂きます」

「もう一度、将軍家が兵を挙げられるのか」

勝頼は驚きの表情を浮かべた。

「その手はずとなっております。よって、この夏にも信長との決戦が予想されます。信長を倒すには、信虎さまが武田家当主であらねばなりませぬ」

諭《さと》すように勘助は言った。

「勘助、わしでは信長に勝てぬと申すか」

怒りに震え、勝頼は怒鳴った。

重臣たちは口を閉ざし、成り行きを見守っている。動ずることなく勘助は返した。

「あなたさまでは武田家は敗北、滅亡へと向かいます」

「何を……おのれ、山本勘助！　貴様、軍師として武田の軍略を担ってきた驕《おご》りから、わしを疎んじておるのじゃな。だがな、三方ヶ原の合戦はわしの策によって勝った」

「あれは勝ち戦ではあっても失策。浜松城から家康を誘い出しながら、家康を討ち漏らしましたぞ。家康がおる限り、徳川は織田との盟約を違えず、武田の敵であり続けます」

醜悪な容貌とは裏腹に、勘助は弁舌爽やかに反論を加えた。勝頼は言葉を詰まらせる。

重臣たちを見回し、勘助は続けた。

「信虎さまが武田家当主に返り咲けば信長に勝てるのには、大きな訳がござる」

重臣たちの目が凝らされた。

「信長の重臣、明智光秀が信虎さまにお味方致す」

勘助が言うと、

「明智が信長を裏切るのか」

勝頼は腰を浮かした。

「何故、明智は信長を裏切り、信虎さまに寝返るのじゃ」

山県昌景が問いかけた。

「信虎さまの絶倫ぶりに、これぞ乱世を治める豪傑だと、感服致したがゆえでござる」

勘助が答えると信虎は立ち上がった。大広間中の視線を受けながら衣を脱ぎ去り、下帯一つとなる。痩せ細り、やや腰の曲がった老体ながら肌艶はよく、何より下帯を突き破らんばかりの勃起物に、重臣たちは目を見張った。勝頼が信虎の股間に視線を向けつつ異論を唱えた。

「御爺さまの若さにはわしも感じ入ります。ですが、精力においては若きわしが遅れを取るものではござりませぬ」

「若さに頼ってのまぐわいはな、自《おの》ずと限りがあるのじゃ」

信虎は傲然《ごうぜん》と言い返した。

「よほどに自信がおありのようですな」

勝頼はむっとした。

「わしと枕合戦をせぬか。で、勝った方が武田家当主となるのじゃ」

信虎の挑戦を、

「お相手致しますぞ。ならば、今夜にも寝間に女を呼びます。何人の女とまぐわえるかを競いましょうぞ」

勝頼は胸を張って応じた。

すると、信虎は小さく首を横に振って言った。

「今宵ではなく、この場でじゃ。重臣どもの前で、正々堂々と合戦を致そうぞ」

「ここで……今すぐ……」

勝頼がたじろいだ時、大勢の女たちが乱入して来た。みな、白衣に紅袴の巫女姿だ。

巫女たちの先頭には千代がいた。彼女らは望月党である。信虎は重臣たちに向かって、

「まずは、その方どもがまぐわえ」

と、命じた。

重臣たちは困惑し、勝頼を見る。勝頼は信虎の真意を計りかねているようで、首を傾げた。

「この者どもは、望月党じゃ。みなも存じておろう。武田家の忍びにして、名器揃いじゃぞ。ヒヒヒヒッ」

信虎は下卑た笑い声を上げた。

重臣たちの中に淫靡な目となった者も現れた。

「せっかくじゃ。戦陣の慰めに、思う存分名器を味わえ。しかる後に、わしと勝頼の枕合戦を行う」

信虎の言葉にうなずき、一人が立ち上がって具足を脱ぎ始めた。これが契機となり、次々と重臣たちも裸になってゆく。

「若い者には負けられんぞ」

山県昌景が馬場信春に声をかけた。馬場も応じて、

「よし、わが一物の威を見せようぞ」

と、意気込んだ。

すっかり、まぐわいの態勢となった重臣たちにあって、一人高坂弾正のみは広間の隅で甲冑に身を包んだまま、身動《みじろ》ぎもしない。いかにも女には興味がなさそうだ。加えて、白蜜党の貢に惑ったことが信玄の死を招いたと、大きな後悔と自責の念を抱いているのだろう。

そんな高坂の気持ちなど忖度《そんたく》することなく、重臣たちは全裸となった。望月党の女たちも白衣と紅袴を脱ぎ、素っ裸となる。信虎と勘助は広間の真ん中に立ち、男女の戯れを見守った。

正常位で女を攻め立てる者、背後から犯す者、騎乗位を楽しむ者、武田の重臣たちは獣のように情欲をむさぼる。

上段の間にあって、勝頼は唖然《あぜん》として家臣たちの醜態を見下ろしている。千代は巫女姿のまま信虎の側に侍《はべ》り、女たちの様子に目を凝らしていた。

男女入り乱れての枕合戦の場と化した広間は、愉悦の声と卑猥《ひわい》極まる空気に満ち溢れた。重臣たちは二十人程、対する望月党は三十人だ。重臣の中には一人で二人、三人を相手にする豪の者もいた。

彼らは戦場同様の猛々しさで腰を動かし、女を楽しませていたが、程なくすると、

「ううっ、いかん」

あれほどいきり立っていた馬場が精を放ち、

「おおっ、これはまさしく名器」

山県も随喜の涙を流しながら果てた。

二人に限らず、

「し、締まる……」

「もうだめだ」

「勘弁してくれ」

あちらこちらから、降参の声が聞こえてきた。それでも女たちは、

「もっとくだされ」

甘え声を発しながら貪欲に求める。

「情けないぞ」

勝頼は重臣たちの早漏、精力不足を叱責した。山県と馬場は武田の威信を傷つけまいと、しなびた男根を手でこすり始めた。二人に女たちが圧し掛かる。

「侵すこと火の如く、攻めてくだされ」

千代が言い放った。

「武田武士の意地を見せよ」

信虎は息も絶え絶えに板敷を這《は》う重臣たちを足蹴《あしげい》にして回る。渋々、重臣たちは腰を上げた。望月党が彼らの一物も勃たせようと口淫に及ぶ。

「慈しみなされ〜、育てなされ〜」

千代は女たちの奉仕と男たちの奮起を促した。

「武田の沽券《こけん》が股間にかかっておると、勇め」

信虎に叱咤《しった》され、重臣たちも奮い立った。

望月党の努力と重臣たちの奮起によってみな見事に勃起した。

それを見届けた勘助が、

「車懸かりじゃ！」

と、軍配を頭上に掲げた。

望月党が男たちの前に尻を突き出した。次いで、そそり立った男根を女陰に導き入れる。女たちは男根を股間に挟んだまま、軽快に移動し、大きな輪を形作った。勘助と信虎、千代は輪の真ん中にあって、男と女の繋がりを確かめる。しっかりとした絆が出来ていることに、三人は満足の笑みを漏らした。

「始めよ」

勘助は穏やかに告げた。

男根を挿入したまま女は前にいる男の腰を両手で掴んだ。こうして、輪は完全に繋がった。直後、輪は動き始める。重臣たちは腰の律動と共に歩行する。初めの内こそ、ゆっくりとした巨大ムカデの如き歩みであったが、愉悦の声が高まるにつれ、車輪のように回転し始めた。結合できずにいる十人の望月党は広間の隅に集まり、祝詞《のりと》を唱え始める。

「こ、これは何じゃ……」

勝頼は勘助に問いかけた。

「望月流車懸かりの性法でござります」

勘助は答えた。

男女が一対となったまぐわいの車輪が加速する。男も女も戦場を疾駆し、大将首を取ったような高揚感に満ちていた。山県昌景、馬場信春といった長老も躍動している。

「みな、常軌を逸したのではないか」

勝頼はあわあわと声を上ずらせた。

「ご心配には及びませぬ。車懸かりの性法で繋がった者は生涯の絆を形作り、武田家のために殉ずるのです」

勘助の言葉に首肯しながらも、勝頼は半信半疑の様子である。勝頼の疑念を振り掃うように信虎が叫び立てた。

「猛《たけ》れ！　獣となれ！　火山の如く噴き上がれ！」

男女の車輪は更に加速し、誰彼の区別どころか、男女の違いもわからなくなった。風が唸《うな》り、あろうことか足が板敷を離れる。

「おおっ！」

勝頼は飛び出さんばかりの目となった。

車輪は浮き上がり、太い輪と化した。やがて、男の射精と共に輪は神々しいばかりの光を放ち、ゆっくりと板敷に戻った。男女の結合は解かれ、みな心地よい疲労に身を横たえた。

余談ながら、望月流車懸かりの性法は信玄の死によって緩んだ武田家の結束を強め、後に彼らは長篠《ながしの》で散った。ちなみに、輪の外にあった高坂弾正は長篠合戦に加わらなかった。

大広間に、あらん限りの精子を搾り取られた重臣たちが居並んだ。素っ裸のまま、しなびた一物が恥ずかしげだ。

「我らの勝負ぞ」

信虎は勝頼に声をかけた。

茫然《ぼうぜん》と立ち尽くしていた勝頼であったが、信虎の声で我に返った。

「そ、そうでしたな。お爺さま、勝頼、一騎討を挑みますぞ」

己が誇りと武田家当主の座をかけ、勝頼は応じた。

信虎は勘助に目配せをした。勘助は右手の軍配を頭上に翳《かざ》した。重臣たちを骨抜きにしても、まだ飽き足らない望月党の女たちが全裸のまま広間の真ん中で輪となった。重臣たちは恐怖の眼差しで女たちを見る。

「勝頼、よりどりみどりじゃぞ。ヒヒヒヒッ」

信虎は下卑た笑い声を発した。

勝頼は信虎に遠慮し、

「御爺さまからどうぞ」

と、言いながらも女たちを品定めしている。

信虎は下帯を取り去り、女たちの輪へ躍りかかった。嬌声と共に輪が乱れる。信虎は女の手首を摑むと抱き寄せ、

「尻を向けろ」

と、横柄に命じる。

女たちは言われるままに尻を突き出した。信虎は女尻をぱんぱんと叩きながら、

両の手指を女たちの秘裂に差し入れる。

「いくぞ！」

甲走った声を発すると、

「来てくだされ」

女は自ら花弁を広げた。

信虎は勝頼に見せつけるように力強さみなぎる腰を律動させた。

「勝頼、早くせんと一人残らず、わしがやるぞ」

信虎に急《せ》かされ、

「お、おう！」

勝頼は戦場さながらの雄叫びを上げ、一人の女の腕を取ると板敷に転がした。次いで、楯無の大鎧を脱ぎ捨てた。

「御旗《みはた》楯無もご照覧あれ」

勝頼は呪文のように唱えた。

累代の武田家当主は、出陣前に家祖たる新羅三郎義光伝来の楯無の鎧と御旗の前で誓いを立てる。勝頼は自分こそが武田家当主という気構えで枕合戦を挑むのだ。

義光の御霊に励まされるようにして勝頼は女に圧し掛かった。既に信虎は五人の女を極楽へ導き、それでも消えることのない情欲で次々と女を刺し貫く。

勝頼もとっかえひっかえ女とまぐわうが、目に見えて疲労の色が濃くなった。

「勝頼、貴様は女を快楽に導き、己も精を放っておろう」

信虎は十人目の女陰を攻めながら声をかけた。

「お爺さまは違うのですか」

息も絶え絶えの勝頼の問いかけに、

「未熟者めが」

哄笑《こうしょう》を放ち信虎は女を攻め立てる。人間離れした精力は、信虎という男の底知れぬ恐ろしさを物語り、重臣たちは恐れおののいた。

勝頼も気圧され、打ちひしがれたように女から離れた。萎えた一物が勝頼の敗北を宣言している。

「わしが武田家当主じゃ。御旗楯無もご照覧あれ」

隆々たる勃起物を見せつけ、信虎は宣言した。

二

月が替わった五月一日、光秀は細川藤孝と共に信濃駒場山城へとやって来た。

若葉が芽吹き、新緑が目に鮮やかな初夏の景色が信濃路に広がっている。二人とも山伏に扮《ふん》していた。城門の番士に藤孝が持参した足利義昭の書状を渡し、武田信虎への取次を頼む。

待つほどもなく、本丸御殿へと案内され、御殿の奥座敷へ通された。

「信虎、勝頼を説得し、武田家当主の座から引きずり下ろしましたかな」

藤孝は気がかりな様子である。

「信虎の勝利に間違いはござるまい」

光秀は自信たっぷりに断じた。

「信虎が武田の当主に返り咲いたなら、武田勢は甲斐へは戻らぬでしょう」

藤孝の憂いは深まるばかりだ。心配するのも無理からぬことで、武田勢が甲斐ではなく美濃に攻め込めば信長は再び窮地に立つ。義昭から信長への鞍替えが裏目に出るのだ。

藤孝が顔をしかめたところへ信虎と勝頼がやって来た。

「おお明智、細川も。遠路遥々、よう参った」

信虎の上機嫌ぶりが武田家の当主返り咲きが成就したのを物語っている。対照的に勝頼は警戒気味な目を光秀と藤孝に向けた。光秀は勝頼に一礼し、

「信玄公に勝るとも劣らぬ武者ぶりでございますな」

勝頼は苦笑を漏らしながら、

「御爺さまには完敗を喫した。明智、そなた、御爺さまの絶倫ぶりに感じ入り、信長を裏切る気になったとか」

「わたし、信虎さま程の豪傑を存じませぬ」

慇懃《いんぎん》に光秀は返した。

うなずいてから勝頼は藤孝に問いかけた。

「将軍家、挙兵なさったのはよいが、あっさりと信長に鎮圧されてしまった。織田勢が岐阜から都に攻め上ったのは、わが父信玄の死が信長の耳に達しておるからか」

「信長公、信玄公の死を摑んでおられましょうな」

藤孝が答えると、信虎は光秀を指差して言った。

「知っておるもなにも、明智めの忍びが晴信を仕留めたのじゃ」

勝頼は目をむき、

「おのれ、まことか」

と、いきり立った。

信虎は涼しい顔で、

「わしは嘘は吐かぬ。のう、明智」

勝頼は立ち上がって怒声を放つ。

「よくも抜け抜けとわしの前に顔を出せたものよ。貴様の首を刎《は》ね、父の墓前に供えるわ！」

光秀は勝頼を見上げ、

「お好きになさりませ。但し、激情に駆られては天下は取れませぬぞ」

「なんじゃと」

勝頼の顔が歪む。

信虎が口を挟んだ。

「明智の申す通りじゃ。晴信の命を奪ったといっても影武者ではないか。実の晴信は川中島で討ち死にを遂げたのじゃからな」

へなへなと勝頼は腰を落ち着けた。

「勝頼さま、天下取りの好機到来ですぞ」

光秀は半身を乗り出した。

勝頼は口を閉ざし、光秀から藤孝に視線を移した。

「細川、そなた、将軍家の近臣であろう。信長に寝返るのか」

勝頼は藤孝を責めた。

「戦国の世にあっては、力ある者に従うのが常道でござります」

藤孝は静かに返す。

勝頼が失笑を漏らすと、

「義昭公はな、近臣に見限られたのじゃ。細川藤孝程の忠義の臣にな」

信虎はつるりとした坊主頭を手で撫でた。

「御爺さま、わが武田家は信長を倒し、将軍家を盛り立てるのではござらぬのか」

勝頼は不満そうだ。

「それは将軍家が、我らが盛り立てるにふさわしいお方であったならじゃ。義昭公は将軍の器にあらず。それにのう、最早《もはや》足利家などは無用の長物じゃ。足利家は滅ぶに任せたらよい。足利家がなくとも構わぬ。わが武田が天下の政を担えばよいのじゃ」

傲然《ごうぜん》と信虎は言い放った。勝頼は目を白黒させて問い直した。

「武田が天下の政を担うとは……」

「わしが将軍になるのじゃ」

ヒヒヒヒッと信虎は下卑た笑い声を上げた。

「お爺さまが将軍……」

勝頼は口を半開きにした。ここで光秀が、

「武田家はれっきとした源氏……新羅三郎義光公以来の名門でござりますぞ。源頼《より》朝《とも》公以来、征夷大将軍は源氏の長者が任官致します。信虎さまが源氏の長者となり、将軍宣下を受ければよいのです。不肖、この明智十兵衛は土岐源氏の末裔《まつえい》にござります。信虎さまの将軍就任、心より歓迎致します」

もっともらしい顔で光秀は述べ立てた。

勝頼は口を閉ざした。

「勝頼、わしは歳じゃ。いくら、絶倫とは申せ、人の命には限りがある。武田家当主の座、三年待てと申したが、わしが将軍に成れば、そなたも三年後には将軍なのじゃ」

信虎の甘言に、

「わしが将軍ですか」

困惑気味に勝頼は返したものの、やがては表情が輝いた。目には野望の炎が立ち上る。

「武田幕府を開くぞ」

信虎は言った。

「御爺さま、わしはどうすればよろしいのでしょうか」

勝頼は信虎に引き込まれた。

信虎は目元を引き締め語る。

「義昭公は三月後に再び信長打倒の兵を挙げる」

「しかし、義昭公は今回の挙兵で懲りておられるのではないのですか。こたびは信長も和睦ですませましたが、二度も叛旗《はんき》を翻《ひるがえ》されたとなったなら、容赦はしませんぞ。そのことは義昭公もよくおわかりのはず」

勝頼は不安を訴えた。

信虎は光秀を目で促した。

「そのことは、信虎さまが手を打っておられます」

と、信虎による義昭挙兵作戦について説明した。信長を信濃木曾山中に誘い出し、包囲して殲滅《せんめつ》する。ついては、義昭公は都で信長打倒の兵を挙げて欲しい、という軍略だ。

「御爺さま、まこと信長を木曾山中に誘うのですか」

勝頼は言った。

「木曾では信長を討たぬ。信長を滅ぼすのは、後回しじゃ」

信虎の答えに勝頼は困惑の度を深めて質《ただ》した。

「では、どのようになさるのですか」

「義昭公が挙兵したなら、信長は再び討伐に動く。信長には義昭公を滅ぼしてもらう。信長が安心して義昭公を討てるよう、信長には武田が味方する、美濃には攻め入らぬと伝える」

信虎の言葉を受け光秀が続けた。

「信長公にはわたしから申し上げます。信長公の敵は浅井、朝倉、大坂本願寺、三好党、六角等々、数多おります。武田が味方になれば、これほど心強いことはござりませぬ。また、武田にとりましても、将軍討伐の汚名を着ずにすみます」

「なるほど、将軍を滅ぼすのは信長、我ら武田は将軍家を弑逆《しいぎゃく》した信長を討つ、という大義が得られるわけじゃな」

勝頼は目を輝かせた。

「天下の謀反人、織田信長を討ち滅ぼし、わしが武田幕府を開く」

信虎は高らかに宣言した。

勝頼は拳を握り締めた。

「明智、細川。信長と義昭公への工作、しかと頼んだぞ」

上機嫌で命じると信虎は腰を上げ、勝頼を伴って部屋を出た。

「信虎め、将軍に成るとは、驕《おご》り高ぶりにも程がござりますぞ」

藤孝は苦々し気に唇を噛んだ。

「欲の権化のような男ですな。しかし、あの化け物なら将軍を狙うと聞いても驚きませぬ」

光秀は笑った。

「義昭公には再び兵を挙げて頂くとして、武田には美濃へ侵攻せぬという約束を守らせねばなりませぬな。それにしても、信虎が武田の当主に返り咲いたとなると、困りましたな。信玄が当主の方がよかったですな」

言ってから藤孝は光秀による信玄謀殺を責めていると気づき、ばつが悪そうな顔になった。

「信玄を殺し、信虎という化け物を生き返らせてしまいました」

光秀も自嘲気味の笑いを浮かべた。

「これから、いかにしますか」

藤孝はため息を吐いた。

「勝頼に武田家を継がせます」

光秀は言った。

「武田は信虎が掌握してしまったではありませぬか……」

と、返してから藤孝は声を潜めて続けた。

「信虎の命を奪うのですか」

「それしかありませぬな」

光秀はうなずく。

「あの化け物をいかにして始末しますか」

「それは、お任せあれ。勝頼をこちらに引き入れます」

光秀の考えに
「勝頼であれば、与《くみ》しやすしですな」

藤孝も賛同した時、

「明智さま、細川さま」

女の声が聞こえた。

襖が開き、数人の女たちが入ってくる。白衣と紅袴姿の巫女たちなのだが、彼女らの衣服は透けていた。大きさの違いはあれ、みな形のよい乳房に紅色の乳輪が浮き立っている。剛毛、薄毛、パイパン様々な恥部も露わだった。

光秀と藤孝は巫女たちに誘われ、御殿裏手にある露天風呂へやって来た。風呂は三十間四方、檜《ひのき》造りの豪華さだ。もうもうと湯煙が立ち込め、白濁した湯がたゆたっている。

巫女たちはスケスケの衣服を脱ぎ捨て、湯の中に飛び込む。湯をぱしゃぱしゃとすくい上げ、光秀と藤孝に浴びせてきた。濡鼠《ぬれねずみ》となった二人は着物を脱ぐ。

「光秀殿、いかがしますか」

当惑したように藤孝は問いかけてきた。

「据え膳食わずは男の恥でござる。それに藤孝殿、既に出陣の準備は出来ておるではござらぬか」

光秀は藤孝の股間を見た。

決して立派ではないが、藤孝の一物は臨戦態勢となっている。

「承知、いざ、出陣」

日頃の貴公子然とした様子はなりを潜め、藤孝は猛然たる淫欲を溢れさせながら湯に飛び込んだ。

負けてはいられない。

鼻先の黒子を蠢かせ、光秀も湯に入った。湯は熱すぎず、ぬるくもなく、股間の高さに達する。肩まで浸かれば旅の疲れが癒せそうだ。しかし、女たちがそうはさせてくれない。温泉を味わう余裕もなく、光秀と藤孝は女たちに囲まれた。四方八方から襲われる。最早《もはや》、藤孝にかまってなどいられない。

光秀は手当たり次第に乳房を揉みしだき、口を吸う。はちきれんばかりの肉棒を争うように、女たちが食らいつく。

我を忘れ女たちと痴態を演じている内、ぬるっとした感触と共に、男根は秘壺に収められた。光秀が動かなくとも女の方で腰を振る。あたかも精液を搾り取らんとするかのようだ。

「ううっ、し、しまる……」

数の子天井とはこのような蜜壺を言うのだろうと、光秀はあまりの快感によがった。亀頭が無数の粒粒で締め付けられ、いい具合にこすれる。男根と秘壺がぴったりと合い、程よい温もりすら感じられた。

果たして、挿入間もないのに下腹を強い快感がせり上がる、と思ったのも束の間、愉悦の戦場を光秀は一騎駆けに奔《はし》り抜けた。

直後、するっと一物は女陰を抜け、まら先から湯よりも白い粘液が放出される。陰茎は欲望の汁を放ったにもかかわらず、衰えない。猛々しいまでの威厳を保ち、群がる女たちを睥睨《へいげい》している。

「逞《たくま》しい益荒男《ますらお》だこと」

女たちはうっとりとなって、我先に男根を求める。ふと藤孝に視線を向けた。女たちに囲まれ藤孝の姿は見えない。それでも、

「おおっ～」

感に堪えない藤孝の声が聞こえ、女たちの頭上に男汁が噴き上がった。光秀は藤孝の達者ぶりを確かめ、己が情欲に耽溺《たんでき》した。次の女陰も優れて名器であった。さすがは、望月党だと感心しつつ、ありったけの子種を奪われていく。

「か、勘弁してくれ」

藤孝が哀れみを請うた。

光秀と藤孝は精魂尽き果てて湯を出て寝転がった。

「お湯へお浸かりください」

女が強く勧める。

精魂の湯だろうか。訪れる予定でいた安曇野の精魂の湯には行っていないが、この露天風呂の湯は精魂の湯を運んだものなのだろう。それを裏付けるように、光秀と藤孝の男根は天を向いている。ぐったりとした身体の中で一物のみが生命力がみなぎっている。

横臥《おうが》する二人に女たちが迫る。

「もう、無理じゃ」

藤孝は及び腰となっている。

性欲を満たした光秀もこれ以上まぐわいを続ける気にはなれない。

「もうよい」

と、むっくり半身を起こした。すると藤孝が、

「わしは駄目じゃ。わしの分も光秀殿にお相手願え」

と、自分に迫る女たちを光秀に向けようとした。

「藤孝殿、卑怯《ひきょう》なり。それでも男か」

戦場で群がる敵勢を押し付けられるより、光秀は恐怖を感じた。実際、これはまぐわいでも乱痴気騒ぎでもない。合戦だと光秀は受け止めたが、

「拙者、淡泊でござる」

藤孝は情けない声を上げている。

そんな藤孝にも容赦なく望月党の女たちは挑みかかる。

「藤孝殿、負けてはなりませぬぞ」

光秀は藤孝を叱咤した。

「ですが、拙者、最早、男汁は残っておりませぬ。ふぐりの中は枯れ果ててござる」

悲痛な表情で藤孝は許しを請うた。

「それでも、貫くのでござる。たとえ、空鉄砲でも撃ち続けるのですぞ。時はいま男汁下しる皐月かな」

光秀は鼻先の黒子を震わせた。

立ち上がると臍《へそ》にまで達する男根を上下に動かす。望月党の女たちが光秀に飛びかかる。光秀は一人を抱きかかえると両足を開き、男根で割れ目をずぶりと切り裂く。次いで、手押し車のような体勢で湯舟の周りを走り出した。

藤孝も己を奮い立たせ、女を騎乗位で迎えた。しかし、自ら腰を動かすことはせず、女の腰使いに任せている。歪んだ顔は男女の営みの愉悦とは程遠い、まるで修行のようだ。

苦悩する藤孝とは対照的に女は激しく腰を揺すり立て、自ら乳房を揉みしだき、快楽を極めんとしている。

光秀は女を手押し車のようにして湯舟の周辺を三周した。女は目をむきぐったりとなっている。

「次は誰じゃ」

仁王立ちした光秀は女たちを見回す。

すると、四人が光秀の側にやって来た。

「四人、一度に相手してやりたいがわしの倅は一人じゃ」

光秀はぶるんと一物を上下に動かした。女たちは左右に一人ずつ、前と後ろにも一人ずつ寄り添った。左右の者が光秀の耳を舐める。前後の者は屈み込んだ。

「順番にしようではないか」

光秀の提案を無視して、前の女はかり首を口に含んだ。背後の女は尻の割れ目を両手で広げる。

女の舌が光秀の肛門を割り裂いた。

「うぅっ」

思わず声が漏れる。舌先は奥深くに侵入してくる。一物がいきり立ち、下腹に貼りついた。それを股間に屈んだ女がしなやかな手指で摑み、口に入れる。

前後から攻め立てられ、光秀は膝ががくがくとなった。同時に左右の女から耳をしゃぶられ、甘い吐息が吹き込まれる。光秀は両目を閉じた。頭の中に霞《かすみ》がかかり、忘我の境地へと誘われる。

耳を舐めていた女二人が争うようにして光秀に接吻を求めた。二つの舌がぬるりと口内に入り、光秀の舌に絡みつく。唾液が流入し、光秀の唾も吸い取られてゆく。

と、肛門に違和感を抱いた。

柔らかな舌の感触ではない。もっと、硬質なもの……指だ。指が入っている。光秀は肛門に力を込め指の侵入を拒んだ。が、指は肛門のすぼまりを楽しむかのように蠢いた。

ふぐりが固くなる。金玉がせり上がってきた。一物は芯が通ったように硬直した。男根を咥えていた女が口を離して尻を向け、自分から秘壺へと導いていった。口吸いをしていた女の一人が乳首を舐め始めた。

乳首がこりこりと立つのがわかる。瞬く間に、射精感に襲われる。女は腰の律動を激しくし、

「子種をくだされ〜」

甘え声で叫び立てた。

堪《たま》らず、光秀は男汁を放った。女は膣圧を強める。何度も果てたにもかかわらず、勃起物はしおれない。硬度を保ったまま怒張し続けた。

間髪を容《い》れず、乳首を舐めていた女が後背位で衰えぬ肉棒を挿入した。陰嚢《いんのう》は枯れ果てている。乾き切った布切れを絞り上げて、水滴を垂らすようなものだ。

性の快楽とは程遠い拷問である。精魂尽き果て、衰弱死を遂げるのではないかという危機感に襲われる。

ぼんやりとした視界に藤孝が映った。藤孝はぐったりと横たわっている。目の周りに隈《くま》ができ、頰がこけていた。息も絶え絶えの藤孝に女が跨り、騎乗位で攻め立てている。藤孝は抵抗する声すら上げられないようだ。二人とも為《な》す術なく、望月党の女たちに翻弄された。

と、どうしたことか霞がかった視界に雪がちらついた。時節は皐月、初夏だ。いくら、雪深い信州といっても、雪がちらつくとは……幻影だろう。精が尽き、思考能力が失われたのだ。

が、雪は激しさを増し、風も強くなった。あっと言う間に雪が降り積もる。夢か幻《まぼろし》に違いない。吹雪に晒《さら》されながら、裸体の光秀は少しも寒くないのだ。

対して、女たちは凍え始めた。光秀にまとわりついていた者たちが湯に飛び込む。見る見る湯面に氷が張られた。湯ばかりではない。女たちもこちこちに固まる。

凍結した温泉の上空を蛍が舞った。

茜に抱き起され、光秀は正気に戻った。藤孝も肌艶こそよくなっているが、未だこんこんとした眠りに落ちている。

「茜、かたじけない」

光秀が礼を言うと、茜は厳しい表情を崩さずに答えた。

「望月千代女、この有様を見たら必ずや復讐《ふくしゅう》に動きましょう」

「そうだな。望月千代女ばかりではない。武田信虎と山本勘助も黙ってはおるまい」

光秀も表情を引き締めた。

「この地で信虎と勘助を討ち果たしましょうか」

茜が返したところで、

「うっうう……」

藤孝が寝返りを打った。光秀は茜に目配せをした。茜はうなずくと、足音を忍ばせて立ち去った。

「も、もう駄目じゃ」

寝言を口にしながら藤孝は目を覚ました。その表情は、まぐわいへの恐怖心に満ち溢れている。

「藤孝殿、大層な男ぶりでしたぞ」

光秀はにこやかに呼びかけた。藤孝は半身を起こした。

「光秀殿、ここは冥界か」

手で目をこすりながら藤孝は問いかけた。光秀は首を左右に振り、周囲を見回した。釣られるように藤孝も露天風呂の周囲に視線を這わせる。

藤孝の顔は恐怖から驚愕《きょうがく》に彩られた。

湯が氷結し、望月党の女たちが氷で作られた彫刻のように固まっている。

「こ、これは……」

藤孝は言葉にならない驚きを示した。

「信州は寒いですな。春が過ぎたというに、吹雪くとは」

けろりと光秀は言った。

「いくら、寒いと申してもこれは異常ですぞ。ああ、それに、風呂や女どもは凍っておるのに、我らは無事です。素っ裸なのに寒くない。何やら、狐か狸《たぬき》、いや、魔物に化かされた心持です」

現実を受け入れられず、藤孝は口を半開きにした。

「藤孝殿、ともかく、我らはこうして生き残ったのです。そのことを喜びましょうぞ」

光秀が言うと、

「それも、その通りですな」

ようやくのこと、藤孝は安堵《あんど》の表情を浮かべた。

「湯上がりに一献傾けたいところですが、これより、勝頼を訪ねましょう」

光秀の提案に、

「信虎との仲を裂くのですな」

藤孝も乗り気になった。

「しかし、信虎、何故我らの命を奪おうと企《たくら》んだのでしょうな。織田と手を組んで天下を取ると申しておりましたが、わたしや藤孝殿を殺しては、その企ては頓挫します」

光秀は疑問を呈した。

「気が変わったのではござらぬか。勝頼から武田家当主の座を奪い、武田単独で天下を取るという野望を抱いたのかもしれませぬ。光秀殿と拙者は、信虎にとって邪魔でしかなくなったのでは」

藤孝の考えにうなずきながらも、光秀は納得できない違和感を捨て切れない。信虎、果たして命を奪いにきたのであろうか。

「光秀殿、湯冷めしますぞ」

藤孝は立ち上がった。

三

光秀と藤孝は素襖《すおう》に着替え、勝頼の居室を訪れた。足利義昭の使者としてやって来た藤孝を勝頼は警戒しつつも対面を受け入れた。

「勝頼さま、信虎さまよりお聞き及びと存じますが、わたしは武田と織田の繫ぎ役を任されております」

光秀の言葉に勝頼は腰を落ち着けた。

「信長殿は武田と手を組む気があるのか」

探るような目で勝頼は問いかけた。

「ござりませぬ」

さらりと光秀は言ってのけた。

「な、なんじゃと」

勝頼は目をむいた。

「信長公は武田の手を借りず、天下を取るつもりです」

「御爺さまは嘘を吐かれたのか。それとも、そなたがお爺さまを欺《あざむ》いたのか」

怒りを抑えつつ勝頼は質した。

「わたしが信虎さまを欺きました」

抜け抜けと光秀は答えた。

「よくも……武田を騙《だま》すなど許せぬ。首を刎ねてくれるわ」

憤怒をたぎらせた勝頼は立ち上がった。

藤孝が割って入った。

「光秀殿の話を最後までお聞きくだされ」

怒りで蒼白《そうはく》となった勝頼は光秀を見下ろしていたが、二度、三度うなずくと腰を下ろした。光秀は続けた。

「信虎さまは化け物ですな。山本勘助は悪謀尽きぬ軍師。その二人が武田を牛耳れば、いかがなりましょう……戦乱の世は終息へ向かうどころか、より一層の乱世となりますぞ。天下静謐など絵に描いた餅、信虎さまと勘助は武田を栄えさせるどころか、破滅へと導きます。信虎さまのような悪王と、信長公が手を結ぶことなどありませぬ」

「確かにお爺さまは尋常なお方ではない。また、山本勘助の軍略により、武田は領土を拡大してもきた。御爺さまは、三年辛抱せよと申された。三年後にはわしが武田の当主となるのだ」

勝頼は話題を変えた。

「果たして、信虎さまは当主の座を譲るでしょうか」

光秀は静かに問いかけた。

「貴様、わしとお爺さまの仲を裂こうと企てておるのだな」

そうはいかぬと、薄笑いを浮かべ勝頼は返した。

「いかにも」

またしても光秀はあっさりと認めた。勝頼は光秀の意図が読めないようで、困惑の目を彷徨《さまよ》わせた。

「信虎さまを武田家に戻してはなりませぬ。勝頼さまが当主として武田家を盛り立てるのです。それに、信虎さまは武田の軍勢を握ったなら、勝頼さまのお命を奪いますぞ」

光秀は目を凝らした。

「まさか……」

勝頼は笑顔を取り繕った。

「信虎さまは、たとえ孫であろうと、己が野望のためには利用価値がなくなれば捨て去ります」

光秀は断じた。

続いて藤孝が、

「武田家のためにも天下のためにも、勝頼さま、信虎さまの意に従わぬようなされませ」

勝頼は絶句した。


その頃、信虎と千代は露天風呂へとやって来た。

「これは……」

千代は凍結した望月党の女たちと湯に唖然《あぜん》となった。

「さては、明智のくノ一の仕業じゃな」

信虎は動揺することなく言った。

「明智のくノ一、妖術を使うのですか」

千代は厳しい目をした。

「そうじゃ。わしと勘助にも妖術を使いおった。じゃがな、妖術などは、所詮は偽物じゃ。千代らの本物の性技には及ばぬ」

「ですが、選りすぐりの者どもがこのような目に遭わされてしまいました。鍛錬に鍛錬を重ねたものを……」

千代はわなわなと唇を震わせた。

「なに、心配には及ばぬ」

信虎は勘助を呼んだ。

勘助は音もなく姿を現し、露天風呂の有様を見て言った。

「明智のくノ一、妖術の手並みは鮮やかですな」

「勘助、女どもを元に戻せ」

信虎は命じた。

「承知しました」

一礼すると勘助は無造作に僧衣を脱ぎ捨てた。下帯も取り払い、醜悪極まりない男根を露出させる。

次いで、

「千代殿」

と、声をかけるや白衣と紅袴を瞬きする間もなく脱がせた。千代は驚きの表情を浮かべ信虎を見た。信虎は無言でうなずく。勘助に身を任せろということだと受け止め、千代は両目を閉じた。

勘助は見える右目を見開き、千代に近づく。千代を立たせたまま、両の乳房をわし摑みにした。千代の眉間に皺が刻まれた。

千代は勘助のいがぐり頭を両手で抱きしめる。勘助は千代に股を開かせた。一物は勃起している。イボだらけの亀頭がはち切れんばかりに怒張していた。勘助は勃起物を千代の割れ目にあてがい、潤っているのを確かめてぐっと挿入した。

「あっ……ああ」

熱い吐息と共に千代は勘助のおぞましい男根を迎え入れた。勘助は立ったまま腰を上下に動かす。千代は両手をいがぐり頭から背中に回し、勘助を抱きしめた。勘助も両手を千代の背中に回す。二人は一体となって性に耽溺《たんでき》した。

「ああ、おイボが……おイボが、食い込みまする」

千代は快感を言葉に出した。

目をそむけずにはいられない勘助の男根だが、女陰の中ではこの上ない愛おしさを募らせるようだ。千代が名器であるだけに、まら首のイボは一層の愉悦を与えている。

千代の太腿《ふともも》から愛液がとめどなく滴り落ちる。勘助の動きも活発になっていった。

「あっ……い、いけませぬ」

千代は両目を見開いた。

勘助は無視し、腰の律動を止めない。絶頂に達する躊躇《ためら》いと快楽の狭間《はざま》に千代は揺れている。

「構わぬ。勘助に身を委ねよ」

信虎が甲走った声で命じた。千代はうなずくと再び両目を閉じた。吹っ切れたように性を貪る。

勘助は渾身《こんしん》の力で一物を蜜壺に打ち込んだ。

「いけませぬ～」

再び千代は躊躇いを示した。

絶頂に達するのがよほど怖いのか、千代は紅潮した顔を左右に振った。太腿を滴り落ちる愛液が露天風呂へと流入していく。

「飛べよ性潮！」

勘助は肉棒を蜜壺に打ち込む。次いで、怒張物を抜くと背後から千代を抱きかかえた。母親が幼子に小便をさせるように、両手で太股を持ち、大きく開いた。

「飛べよ性潮！」

もう一度叫び立てると千代の秘裂から水が飛び出た。潮吹きである。潮は弧を描き露天風呂へと落下する。

湯面の氷が溶けてゆく。それにつれ、彫刻のように固まった女たちも生気を取り戻した。

「でかした、勘助」

信虎は笑みを浮かべた。

「勘助の手柄ではありませぬ。千代殿の潮が氷を溶かしたのです」

勘助は横臥している千代を褒め称えた。千代は股を広げたまま放心している。ぱっくりと開いた女陰が妖しく濡れそぼっていた。

「千代、ようやった」

信虎に労《ねぎら》われ、千代は我に返った。

気だるそうに半身を起こし、ふらつきながら腰を上げる。

「湯に入り、ゆるりとせよ」

いつになく信虎は優しい。千代は湯に入り、望月党の女たちに迎えられた。勘助は女たちから凍らされた時の様子を確かめた。

「野田城において信玄公が暗殺される前、高坂弾正殿の陣に現れたくノ一が使った術に似ております。あの時は、高坂殿の陣に攻め寄せた野田城の将兵を凍え死にさせました」

「申したように、妖術などはまやかしじゃ。術は必ず解ける。本物に勝るものはないのじゃ」

強気の信虎に、

「おおせの通りと存じますが、妖術を防ぐ手立てを講じなければなりませぬ」

勘助の考えに信虎も同意し、顎を掻きながら、

「よき知恵はないか」

と、勘助に任せた。

勘助はしばらく思案の後、

「妖術を封印させましょう。明智光秀を人質に取るのです。くノ一に手出しできぬようにすればよろしいかと」

信虎は首を横に振った。

「あ奴の精力がどれほどのものか、見極めるため望月党を使ったが、それが裏目に出た。明智はわしに命を狙われたと思ったのではないか。よって、わしを警戒する。殊《こと》の外《ほか》用心深くなるじゃろうて。じゃが、それもよしじゃ。明智には信長との繋ぎ役になってもらわねばならぬでな。信長に将軍討伐をさせねばならぬ」

「では、このまま岐阜へ帰しますか」

勘助は悔しそうに唇を噛んだ。

「それがよかろう。ただ、明智はこちらに引き込んでおきたい」

「くノ一を殲滅《せんめつ》しさえすればよろしいかと存じます」

「妖術使いのくノ一を奪えば、明智は無力じゃ」

信虎は湯でくつろぐ千代に言った。

「今度は明智のくノ一に遅れを取るな」

光秀と藤孝は用意された寝間に入った。

「勝頼、果たして信虎と戦うでしょうか」

藤孝は心配そうだ。

「勝頼とて、信虎の恐ろしさは骨身に沁みておりますからな、あんな化け物が武田家の当主に返り咲いたのなら、武田は破滅するとわかりましょう」

光秀は言った。

「すると、勝頼は信虎の命を奪いましょうか」

藤孝は声を潜めた。

「おそらくは」

光秀が返すと、

「しかし、武田の重臣どもは信虎が掌握しておりますぞ。勝頼は信虎に手出しできないのではありませぬか」

藤孝は苦悩を滲ませた。

「ですから、わたしが手助けを致します」

光秀は言った。

「お言葉ながら、いかに光秀殿でも武田勢ひしめくこの城内で勝頼に助太刀《すけだち》しては、お命にかかわりますぞ」

藤孝は気が気ではないようだ。光秀がしくじれば、藤孝も無事ではすまないのだ。

「まあ、お任せあれ。それより、大事なのは、信虎を始末した後です。勝頼に武田勢を甲斐に帰還させねばなりませぬ。武田家の当主となった勢いで、勝頼が美濃に攻め込んでは何もなりませんからな。何としても甲斐に戻さねばなりませぬ」

「勝頼は上洛を主張しておりました。いかに説得して甲斐に戻すかですな」

藤孝は思案を始めた。

光秀は小用だと寝間を出た。

濡れ縁に立つと、茜がやって来た。

「茜、勝頼が信虎を仕留めるのを手伝ってやってくれ」

光秀の頼みを茜は承知してから、

「望月党、息を吹き返しました」

と、露天風呂で凍死したと思われた望月党が生き返ったことを報告した。

「信虎と勘助の仕業だろう。勝負あったと思ったが、敵ながらあっぱれだ。となると、信虎の身辺は警固の侍たちに加えて望月党が固めるのだな」

光秀は鼻先の黒子を指で掻いた。

「お任せください。望月党と決着をつけとうございます」

茜は決意を示した。

「気持ちはわかるが、焦りは禁物だ。望月党も茜たちとの対決に備えておろう。闇雲な攻撃は通用せぬ」

「では、いかにすればよろしゅうございますか」

「山本勘助……まずは軍師山本勘助を仕留めよ」

光秀の命に茜は首肯した。

「勘助を仕留めれば、信虎と武田は頭を失う。信虎は謀略を巡らすには長けておるが、戦場での将兵の駆け引きはさほど卓越はしておらぬ。軍略を立てるのは勘助だ。軍師を失った武田勢は恐るるに足りずだ。態勢を整えるため、一旦甲斐へ引き上げるだろう」

語る内に光秀は確信が持てるようになった。

「武田勢が甲斐へ戻れば、信長公は窮地を脱しますな」

茜の言葉に、

「それだけではない。光秀さまも一国の主に」

「では、光秀さまも一国の主に」


茜はうっとりとなった。

光秀は目を覚ました。

昨日の望月党との枕合戦のせいか、朝の勃起がない。光秀は肩を落とした。横で鼾《いびき》を立てる藤孝の股間は、しっかり盛り上がっている。

「わたしも歳か」

呟くと光秀は股間をまさぐった。

萎え切った愚息にため息を吐くと、慌ただしい足音が聞こえた。甲冑の草摺りがこすれ合う音もする。危機意識に包まれ、光秀は藤孝の肩を揺さぶった。

「もう勃《た》たぬ、勘弁じゃ」

言葉とは裏腹の朝勃ちをしながら、藤孝は夢の中で枕合戦を続けているようだ。

「藤孝殿！」

光秀が声を呼びかけるとようやく藤孝は両目を開けた。武田の雑兵が入って来た。

「何の騒ぎだ」

光秀の言葉を無視し、雑兵たちは寝間着のままの藤孝を拉致していった。追いかけようとしたところで、山本勘助が入って来た。

「山本殿、これは何の真似だ」

光秀は勘助を睨《にら》んだ。

「細川藤孝を預かる。返して欲しくば、くノ一の居場所を教えよ」

朝日を受け、勘助のいがぐり頭が光った。

「知らぬ」

吐き捨てるように答え、光秀は首を左右に振る。

「惚《とぼ》けるな。望月党を凍らせたのはそなたのくノ一の仕業であろう」

「かの者どもは、一つ棲み家にはおらぬ。また、わたしから連絡することはない。

わたしの用向きを察し、向こうから接してまいる」

「くノ一とは以心伝心というわけか。ならば、今宵、くノ一どもを城内の土蔵に集めよ。その時まで細川は預かる」

勘助は光秀の返事を待たず、寝間から出て行った。勘助は藤孝を人質に取り、白蜜党をおびき寄せるつもりだ。白蜜党を殲滅するのが目的だろう。

藤孝を放ってはおけない。かと言って茜たちを勘助の企みに供するわけにもいかない。白蜜党を失っては、手足をもがれるのも同然だ。白蜜党のお陰で光秀は異例の出世を遂げ、出世ゆえに織田家中では浮いている。

足利義昭が討伐され、信長の天下となれば、織田家中における出世争いは益々激化する。孤立したままでは足をすくわれよう。誠実で生真面目な藤孝は味方につけておきたい。

光秀の苦悩を察知したのか、茜が現れた。

尼僧姿で光秀の前にふわりと座る。

「細川さま、武田の雑兵どもに連れて行かれましたが……」

心配そうに茜は言った。

「山本勘助は茜たちを一網打尽にしようと企んでおる。藤孝殿を人質に取り、そなたらを誘い出すつもりだ。今宵、城内の土蔵に来いと申した」

白蜜党はやすやすと討ち取られはしまい、と思いつつ光秀は語った。

「罠《わな》を張っておるのですね。どのみち、望月党と決着をつけるためにやって来ました。罠であろうと望むところです」

茜の目に決意の炎が立ち昇った。

勝頼の居室を光秀は訪れた。

勝頼は信虎から武田家当主の座を奪い返す野心をたぎらせているものの、信虎と勘助への恐怖心が去らず、霧の中を彷徨っているような目つきだ。

それだけに光秀の来訪を心強く思ったようで、

「明智、何か妙案があるのか」

と、期待に表情を和らげた。

「山本勘助を仕留める好機が到来しましたぞ」

光秀は言った。

「おお、そうか」

と、返した勝頼は期待と不安に揺れている。

「勘助を仕留めるため、勝頼さまから使いを立てて頂きます」

「どういうことじゃ」

「わが配下の者を近習《きんじゅ》に仕立て、勘助に近づけます。勘助の警戒心を解くため、勝頼さまの近習に仕立てるのです」

「それは構わぬが、わしの近習を名乗ったところで、信用せぬぞ」

「ですから、武田家累代の当主に受け継がれる楯無の鎧を持参させます。鎧櫃《よろいびつ》に入れ、本物の近習とわが配下に運ばせてくだされ」

光秀の考えに勝頼は首肯し、

「わしから武田家当主を御爺さまに譲ること、正式に表明するということだな」

「さようにござります」

光秀は破顔した。

「よかろう。そなたの申す通りにする。但し、必ず勘助の息の根を止めよ」

勝頼は厳命した。

光秀が勝頼の居室を出ると茜が待っていた。

「勝頼は受け入れた。あとは、そなたに任せる」

茜は静かな闘志をたたえ、一礼した。

四

山本勘助は本丸御殿内にある居室で酒を飲んでいた。いよいよ、光秀のくノ一を殲滅してやると、見える右目をたぎらせている。

そこへ、

「勝頼さまの使いでござります」

と、声がかかった。

「入れ」

野太い声で返す。

戸が開き、近習が二人片膝をついた。二人とも前髪を残した少年だ。一人は見覚えがあるが、もう一人は知らない顔である。警戒心を抱きつつ近習を見据える。彼らは鎧櫃に入った楯無の鎧を運んで来た。

「楯無の鎧、信虎さまへお渡しすればよいのじゃな」

勘助は満足げにうなずいた。

鎧櫃を置くと近習の一人は出て行ったが、もう一人は残り、

「お酌を」

と、勘助の前に座った。

白蜜党の貢である。

男色の趣味がない勘助も、見惚《みと》れる程の美童である。

「では」

と、勘助は杯を差し出す。

美童は両手で瓶子を持ち上げた。杯に酒が注がれたところで、

「貴様、明智の手の者か」

勘助は貢の手をねじり上げた。瓶子が板敷に転がり、酒が漏れ出る。

「痛い、乱暴はなさらないでください」

あどけなさが残る顔で貢は哀願した。

「信玄公のお命を奪った美童のくノ一であろう。名は何と申す」

勘助の見える右目が暗く淀《よど》んだ。

「影武者だったんでしょう。だったら、そんなに怒らないで」

貢は勘助の手を振り解いた。

「貢と申します」

貢は殊勝な態度で挨拶をした。

「衆道に耽溺した者の目には輝いて見えるであろう。あいにく、わしにその気はない。仲間の居所を申せ」

勘助は右手で貢の襟元を摑んだ。

「知りませぬ」

貢は強く首を左右に振った。

「惚けるな！」

勘助は怒鳴りつける。

「怖い顔しないでください」

言葉とは裏腹に貢は余裕の笑みを浮かべている。それが勘助の怒りを膨らませた。

「おまえから血祭に上げてやる」

勘助は立ちあがった。板壁に立てかけてある金剛杖《こんごうづえ》を両手で持つと、力強く前後にしごく。先端がぱっくりと割れ、刀身が現れる。

貢も立った。

勘助は鑓のように金剛杖を突き出した。貢はとんぼを切る。それでも、勘助は突きを繰り出し、貢を壁に追い詰めた。

「逃げられぬぞ」

勘助はにんまりとした。

すると、鎧櫃の蓋が開いた。勘助が視線を向けると兜《かぶと》が持ち上がる。

「たばかったか」

勘助は金剛杖を頭上で振り回した。

鎧櫃の中から無数の鼠が這い出した。鼠はチューチュー鳴きながら勘助に殺到する。勘助の僧衣を伝い、身体中を這《は》い回った。

堪《たま》らず勘助は、金剛杖を投げ捨て僧衣を脱ぎ、全裸となった。醜悪なる一物が剝き出しとなる。鼠に続いて湊が櫃から立ち上がる。ぴょこんと櫃を飛び越え、板敷を這いながら勘助に近づく。

鼠が一斉に逃げ去った。

勘助は湊を足蹴にしようとした。それを避け、湊は勘助の男根に食らいついた。

勘助は両手で湊の頭を摑み、引き剝がそうとする。湊は勘助の腰を抱き、一物を咽喉の奥まで呑み込んだ。

かり首のイボを愛しむように咽喉で締め上げる。

「ううっ」

勘助の顔が苦痛に歪む。

湊の頭を摑む手が離れ、だらりと垂れ下がった。吐息混じりに湊は口淫を続けていたがやがて一物から口を外し、

「きれいにしてあげましたよ」

と、にっこり微笑んだ。

勘助の顔が恐怖に引き攣った。

イボイボだらけの醜いかり首はつるつるとなり、湊の笑顔を映し出しているのだ。

「貴様、何ということを」

勘助は困惑したが、美少年となった息子は誇らしげに屹立している。

「今度は美味《おい》しく頂きますね」

湊は男根に頬擦りをすると、再び口に含んだ。頬が男根の型に膨れ、満面の笑みで湊は陰茎をしゃぶり続けた。勘助の顔も蕩ける。

貢が勘助の背後に立つ。

腰に付けた張型の先端を取り、刀身を剝き出しにした。次いで尻を開く。勘助は湊の口淫に溺れ、頂きへと駆け上がる。

「おおっ」

勘助が絶頂に達したところで、貢は張型の先端を勘助の肛門に突き入れた。真っ白な精液と真紅の鮮血が同時に飛び散る。

この後、藤孝は土蔵から解き放たれた。

光秀は勝頼の居室を訪れた。

勝頼の顔は蒼《あお》ざめている。光秀に協力したものの、果たして首尾よく事が運んだのか怯えたような目を向けてきた。

「山本勘助、討ち取りました」

光秀が告げると勝頼の目が大きく見開かれた。次いで勝頼は天を仰ぎ絶句した。信虎の軛《くびき》を逃れんと、大きく一歩踏み出したのだが、軍師を失った不安も交錯しているようだ。

「もう、後戻りはできませぬぞ」

光秀の言葉に勝頼はうなずいた。

「御爺さまは勘助の死を存じておるのか」

「まだだとは思いますが、すぐにもお耳に達しましょう」

「わしに疑いの目が向けられようか」

勝頼は恐れおののいた。

「わたしがくノ一に命じて殺したのだとお考えになりましょう。かりに勝頼さまをお疑いでも、今更、たじろいでどうするのですか。しっかりなされませ！」

光秀に叱咤され、勝頼は表情を落ち着かせて言った。

「これからいかにする」

「信虎さまのお命を奪いなされ」

光秀は勝頼の目を見据えた。

「言うはたやすいが、御爺さまは武田の重臣どもを握った。迂闊《うかつ》に手出しはできぬ……あ、いや、臆しておるわけではない。何らかの策を用いなければ、と申しておるのだ」

勝頼は表情を引き締めた。

「ここに、信虎さまをお呼びなされませ」

光秀が進言すると、

「ここで殺すか……じゃが、御爺さまは化け物じゃ。果たして討てるものか。御爺さまが来ればこの部屋の周りは警固の者がしっかりと固める。異変が起きれば、たちまちにしてその者たちが殺到しよう」

「一撃必殺、信虎さまの弱点をつかれよ」

光秀は言った。

「弱点とは……」

勝頼は眉間に皺を刻んだ。

「信虎さまの強味を弱味に変えるのです。強味とは何でござろうか。果てしもない精力でござる。その精力を削げば……」

光秀は言葉を止め、勝頼に答えさせた。

「男汁を搾り取り、精魂尽きさせるのか」

大真面目に勝頼は言った。

「それは、無理ですな。信虎さまは絶倫です」

言下に光秀は否定した。

「ならば、いかにする」

勝頼は目をしばたたいた。

「信虎さまをお呼びくだされ」

光秀は頼んだ。

不安に顔を曇らせながらも、勝頼は近習に信虎を呼びにやらせた。そこへ尼僧姿の茜が入って来た。光秀は勝頼に信虎抹殺の秘策を語った。勝頼は大きくうなずいた。

茜は屏風《びょうぶ》の陰に隠れる。信虎を待つ間、勝頼は落ち着きを失くした。この肝の小ささ、勝頼に武田家当主は荷が勝ち過ぎだ。勝頼と共に風林火山の旗は泥にまみれよう。

やがて、信虎が現れた。

金剛杖を畳に置き、信虎は勝頼の前に座った。

「用向きがあるのなら、そっちから出向くのが筋じゃ」

勝頼が答える前に光秀が言った。

「山本勘助が死にましたぞ」

信虎は光秀を睨み返した。

「そなたのくノ一を使ったのか」

「さようです」

動ずることなく光秀は認めた。信虎は歯噛みして勝頼に向き直った。

「勝頼、そなたも承知しておるのか……まさか、そなたも企てに加担致したか」

射るような信虎の視線を跳ね返すように勝頼は言った。

「御爺さま、武田家当主はわしです。やはり、お譲りするわけにはまいりませぬ」

「なんじゃと、今更何を卑怯未練な……そうか、明智、貴様、勝頼めに何か吹き込みおったな」

信虎は勝頼から光秀に視線を移した。

「わたしも勝頼さまこそが、武田家当主にふさわしいと存じます」

しれっと光秀は答えた。鼻先の黒子が微妙に震える。

「おのれ、企みおって」

信虎は立ち上がった。

警固の侍を呼ぼうとした信虎に、勝頼が声をかけた。

「今一度、勝負を致しましょう」

「勝負じゃと」

信虎は冷笑を浮かべた。

その時、屏風の陰から茜が出た。信虎が言葉を発する前に勝頼は続けた。

「あの者の女陰を的とし、男汁を命中させるのです」

言うや、勝頼も腰を上げ着物を脱いだ。茜は全裸となり、部屋の隅で横臥した。

次いで、大きく足を拡《ひろ》げ、割目をむき出しにする。

「いいだろう」

この趣向を気に入ったようで信虎も着物を脱いだ。茜の蜜壺からは白い粘液が滴っている。茜からおよそ二間離れ、勝頼と信虎は横並びに立った。

信虎の一物は早くも勃起している。勝頼は右手で息子をしごき、成人に育て上げた。

「あ、あ～ん」

茜は悩ましい声で喘《あえ》ぎ、指を陰核に這わせる。信虎は三コスリ、四コスリ、そして勢いよく五コスリで、

「どうじゃあ！」

雄叫びを上げ、精を放った。

齢八十とは思えない濃厚な白粘液が矢のように飛び、茜の秘壺に達する。的の図星に見立てたのか、見事に陰核に的中した。茜はより一層のよがり声を上げた。

勝頼も真っ赤な顔で男根をしごき上げ、

「御旗楯無《みはたたてなし》も御照覧あれ！」

と、精魂込めて男汁を発射した。

まら先からどぴゅんと精液が噴き上がる。

が、意気込みとは裏腹、精液の勢いは弱々しく、茜の女陰どころか、その半分に達しない辺りに落下し、後はどくどくとだらしなくかり首から滴り落ちるに留まっ

た。

「どうした、たった今の威勢は何処へやら、情けなきことこの上ないのう」

勝ち誇ったような勃起物は、衰えるどころか、黒光りして満々たる精力に溢れていた。

「勝負ありじゃ。所詮、おまえはわしには勝てぬ」

信虎は脱ぎ捨てた下帯を拾い上げた。勝頼は片膝をつき、

「御爺さま、今一度、お手本をお見せください」

「くだされ〜、子種をくだされ」

茜も訴えかけた。

陰部が妖しく蠢いたと思うと、やがて光を放つ。

「おおっ、後光が差しておるぞ。極楽浄土へと繋がる秘穴じゃあ」

両手を合わせ茜の陰部を拝むと信虎は、拾い上げた下帯を再び捨て去る。怒張物は張り裂けんばかりとなった。

光秀は勝頼を目で促した。

勝頼は腰を上げるや太刀を取り、信虎に駆け寄ると、太刀を頭上に振り上げた。

信虎は咄嗟《とっさ》に金剛杖を取り、太刀から防御すべく身構えた。斬り下ろされる太刀から逃れるべく、信虎は金剛杖を両手で持って、顔面の前に突き出す。

が、勝頼は信虎の頭ではなく、下半身を狙った。一陣の風となった太刀は信虎のふぐりに襲いかかる。

「ああ」

信虎は呻《うめ》き声を上げた。

血にまみれた巨大な睾丸《こうがん》が二つ、ぽとりと畳に転がった。警護の侍が部屋に入って来た。光り輝く茜のほとに驚きながらも、股間から鮮血を迸らせる信虎を守るべく歩み寄る。

「お爺さまは、怪我を負われた。直ちに金創医師の手当を」

淡々と勝頼は命じた。

隆盛を誇っていた信虎の珍宝は見る影もなくしなび、腐った茄子《なす》と化した。衰えたのは一物ばかりではない。顔面の皺が増え、背中が弓のように曲がり、足取りも覚束なくなった。そこには一人の老人がいるに過ぎない。

信虎は一命を取り留めた。

引き続き信濃に滞在し、翌年の三月高遠《たかとお》城で没する。享年八十一、死の床の信虎は痩せさらばえ、年相応の高齢者であったそうだ。息子晴信に追放されて三十三年、甲斐へ帰ることも武田家当主に返り咲く夢も果たせない無念の最期であった。

勝頼は光秀に感謝し、甲斐へ軍勢を引き上げた。信虎にかき回され、軍師山本勘助を失った武田の軍勢を建て直す必要を感じての処置である。

駒場山城を後にした光秀に茜は告げた。

「先に都にお戻りください。わたくしは望月千代女との決着をつけねばなりませぬ」

「今更、千代と決着をつけずともよいとは思うが、茜の意地もあろう。好きにするがよい。但し、必ず生きてわたしの前に戻って来てくれ」

光秀は柔らかな笑みを送った。

元亀四年（1573）五月、梅雨前の陽光に鼻先の黒子がくっきりとした黒点を刻んでいる。

「負けませぬ」

茜は白蜜党の沽券《こけん》にかけて勝利を誓った。

茜と別れ、彼女の健闘を祈りつつ光秀は藤孝と共に京都を目指した。

「これで、武田の脅威は去りました。義昭公が今一度決起なされば、信長公は躊躇いなく討ち滅ぼしましょう」

光秀が言うと、

「命ばかりはお助けくださるよう、信長公へ頼んでくだされ」

真摯に頼む藤孝に光秀はうなずいた。

茜は安曇野にある望月党の本拠、精魂の湯の宿坊にやって来た。

露天風呂の湯煙の中、千代は立ち尽くしている。きょうこそ決着をつける……千代に勝つ、という強い闘志がメラメラと湧くと同時に負けるのでは、と不安も生じた。

いけない……。

弱気の虫を封じ込め、己が性技を信じて茜はゆっくりと近づいた。

千代は茜に向き、小首を傾げた。

記憶の糸を手繰り寄せているのだろう。眉間に皺が刻まれる。

やがて、

「おお、そなた、都で公方さまの側女選びの場に現れた……」

と、茜を思い出したが、

「何故ここに……」

すぐに警戒心を呼び起こしたようで頬を強張らせた。茜は艶然とした笑みを浮かべ、

「千代女さま、その節はご期待に応えられませんで、申し訳ございませんでした。何しろ、わたくしのほとは公方さまの御珍宝にはそぐわぬ琵琶の海でございますので」

「そうであったな。して……」

どうしてここに来たと千代は再び問いかけてきた。

「望月千代女さまに精魂の湯で、蜜壺を鍛えて頂こうと思いました」

「そなた、性魂の湯を存じておるのか。それに、女壺を鍛えることも……」

千代の問いかけには答えず、茜は続けた。

「信虎公、山本勘助を失い、武田はこれから正念場ですね」

千代は両目を見開き叫び立てた。

「そなたが明智のくノ一か!」

「白蜜党を率いる茜と申します。望月党の千代殿、一対一の勝負を!」

決然と茜は頭巾と僧衣を脱ぎ捨てた。

豊かな胸に真紅の乳首が挑むように尖っている。動揺したのも束の間、千代も落ち着きを取り戻し、不敵な笑みを浮かべながら全裸となった。

茜と千代は三間の間合いを取り、対峙した。あたかも、剣豪同士の立ち合いのような殺気を漂わせ、無言で睨み合う。

千代は自信を漲らせている。右手を突き出し、無言で、「おいで」というように手招きをした。

よし、誘いに乗ってやろう。

茜はすり足で間合いを詰め、千代の胸に飛び込んだ。

豊満な胸がぶつかり合うや、茜は千代の口を吸った。受けて立つように千代は口を大きく開けた。しばし、お互いの口を吸い合う。舌がねっとりと絡み、甘い吐息と共によだれが滴り落ちる。

お互いの舌を貪り合いながら、茜は右手を千代の股間へと持ってゆく。千代も指を茜の秘裂に挿入してきた。二人は口吸いを続けながら肉刺を愛撫し合う。

負けないわ。

ほとは潤んでも頭の中は乾いたままだ。

それは千代とて同様で、茜を見つめる目は氷のように冷ややかだ。

と、不意に千代は左手指で茜の乳首を摘まんだ。すかさず、茜も千代の乳頭を指でさする。

自分の意思とは無関係に乳首が硬くなる。茜は人差し指と中指の間に千代の乳首を挟み、豊かな胸を揉みしだいた。千代の表情が歪んだ。果たして快感に浸っているのか、それとも茜の油断を誘っているのか。

千代の思惑を探る内、不覚にも膝が、がくがくとなり、くず折れそうになった。

自分を叱咤し、踏み止まる。

が、千代の方が感に堪えないような声と共に片膝をついた。引きずられるようにして茜も跪く。

間髪を容れず、茜は千代の股間に潜り込んだ。千代も茜に覆い被さり、股間に顔を埋める。

茜と千代は同時にお互いの秘部をしゃぶり合った。艶汁でまみれとなった顔を歪め、相手を逝かせようと舌技の限りを尽くす。

茜は千代の女陰から肛門を舐め上げ、千代は陰核に的を絞ってすぼめた舌で攻め立ててきた。

茜は中指を秘貝に入れる。膣壁の襞を指で味わい、ゆっくりと抜き差しを繰り返す。しかし、千代の陰核攻めによる悦楽で力が入らない。蜜壺から白蜜が溢れるのを感ずる。

それでも、茜の攻撃が功を奏し、千代は顔をそむけ、快感とも苦痛ともつかない声を漏らし始めた。

劣勢に立たされた千代は、攻撃の的を陰核から膣内に変更した。

茜は心の中で快哉を叫んだ。

茜の蜜壺は琵琶の海のような緩さとあって、微塵も快感に襲われない。

わたしのほとを満足させてくださるのは十兵衛さまだけ。

明智十兵衛光秀の男根が脳裏に浮かび、鼻先の黒子が、

「茜、頑張れ！」

と、応援するように蠢いた。

よし、と茜は指の出し入れを速めた。千代の尻がもぞもぞと動く。焦らすように指の速度を落とす。求めるように千代は股間を押し付けてくる。中指で膣壁をなぞり、人差し指で陰核をこすった。陰刻がこりこりと尖り、秘壺から艶液が溢れる。

茜のほとから指が抜かれた。茜の指の動きに従って千代の息が小刻みとなり、切迫したものになってゆく。

茜は指に緩急をつけ、千代を追いつめた。

やがて、千代の割れ目から潮が吹き上がった。

「ああっ、駄目じゃあ～やめてたもれ～」

言葉とは裏腹の快感の声を上げ、千代は弓のように背中を反らせ、逝った。

やったあ、やりましたぞ！

十兵衛さま、わたくしは望月千代女に勝ったのです。

とめどなく放たれる千代の潮を、勝利の美酒を味わうように茜は飲み込んだ。

天下人織田信長の重臣となった明智光秀の下、茜たち白蜜党の性技は今後益々冴え亘るだろう。

活躍の場は広がり、遭遇したこともない性技の手練れとまぐわえるに違いない。

「でも、わたくしを、わが琵琶の海を満たしてくださるのは十兵衛さまだけ……」

茜は指で熱く火照った女陰をかき回した。

初出紙「東京スポーツ」
二〇二〇年九月一日から一二月二九日まで連載

実業之日本社文庫　最新刊

伊兼源太郎
ブラックリスト　警視庁監察ファイル
容疑者は全員警察官――逃亡中の詐欺犯たちが次々と変死。警察内部からの情報漏洩はあったのか。ブラックリストが示す組織の闇とは!?（解説・香山二三郎）
い13 2

岩城裕明
呪いのカルテ　たそがれ心霊クリニック
30歳で死ぬ呪いを解くため悪霊を食べる医者？　日本で唯一の心霊科を掲げる恵介には、幽霊を見られる相棒が…。この恐怖は、泣ける！（解説・織守きょうや）
い19 1

宇佐美まこと
少女たちは夜歩く
魔界の罠にはまったら逃げられない――森の中で不可解な悲劇に見舞われる人々。悪夢を見た彼らに救いの時は？　戦慄のホラーミステリー！（解説・東 雅夫）
う7 1

菊川あすか
君がくれた最後のピース
母を亡くして二年、家族のため気丈に頑張ってきた大学生の智子。報われない毎日が嫌になり旅に出るが…。時空を越え、愛されることの奇跡を描いた感涙物語！
き5 1

草凪 優
冬華と千夏
近未来日本で、世界最新鋭セックスAIアンドロイドがデビュー。人々は快楽に溺れる。仕掛け人は冬華。著者渾身のセクシャルサスペンス！（解説・末國善己）
く6 9

今野 敏
罪責　潜入捜査〈新装版〉
廃棄物回収業者の責任を追及する教師と、その家族にヤクザが襲いかかる。元刑事が拳ひとつで環境犯罪に立ち向かう熱きシリーズ第4弾！（解説・関口苑生）
こ2 17

沢里裕二
桃色選挙
野球場でウグイス嬢をしていた春奈は、突然の依頼で市議会議員に立候補。セクシーさでは自信のある彼女はノーパンで選挙運動へ。果たして当選できるのか!?
さ3 14

実業之日本社文庫　最新刊

中山七里
ふたたび嗤う淑女
金と欲望にまみれた〝標的〟の運命を残酷に弄ぶ、投資アドバイザー・野々宮恭子。この女の目的は……人気悪女ミステリー、戦慄の第二弾！（解説・松田洋子）
な52

早見 俊
女忍び　明智光秀くノ一帖
卓越した性技をもち、明智光秀を支える「白蜜党」。武田信玄を守る名器軍団「望月党」。両者は最終決戦へ。新聞連載時より話題沸騰、時代官能の新傑作！

は72

南 英男
罠の女　警視庁極秘指令
熱血検事が少女買春の疑いをかけられ停職中に金属バットで撲殺された。極秘捜査班の剣持直樹は、検事を罠にかけた女、自称〈リカ〉の行方を探るが――!?

み720

木宮条太郎
水族館ガール8
いつまでも一緒にいたい――絶滅危惧種の保護問題に直面しつつ、進む由香と梶の結婚準備にさらなるハードル。そしてアクアパークにまたもや存続の危機が？
も48

遊歩新夢
三日後に死ぬ君へ
過去を失った少女と、未来に失望した青年。ふたりの宿命的出会いが奇跡を起こす!?　切なすぎる日々の果てに待っていたものは…。怒濤のラストは号泣必至！

ゆ31

吉田雄亮
北町奉行所前腰掛け茶屋　片時雨
名物甘味に名裁き？　貧乏人から薬代を強引に取り立てる医者町仲間と呼ばれる集まりが。彼らの本当の狙いとは？　元奉行所与力の老主人が騒動解決に挑む！

よ58

実業之日本社文庫 は72

女忍《おんなしの》び　明智《あけち》光秀《みつひで》くノ一帖《いちちょう》

2021年8月15日　初版第1刷発行

著　者　早見《はやみ》俊《しゅん》

発行者　岩野裕一
発行所　株式会社実業之日本社
〒107-0062　東京都港区南青山5-4-30
CoSTUME NATIONAL Aoyama Complex 2F
電話［編集］03(6809)0473［販売］03(6809)0495
ホームページ　https://www.j-n.co.jp/
ＤＴＰ　ラッシュ
印刷所　大日本印刷株式会社
製本所　大日本印刷株式会社

フォーマットデザイン　鈴木正道(Suzuki Design)

ISBN978-4-408-55684-0（第二文芸）